Miski Ei Pääse
Sinu Saatusest

Miski Ei Pääse Sinu Saatusest

ALDIVAN TORRES

Canary Of Joy

CONTENTS

1   1

1

"Miski Ei Pääse Sinu Saatusest"
Aldivan Torres

Miski Ei Pääse Sinu Saatusest.

Autor: Aldivan Torres
© 2020- Aldivan Torres
Kõik õigused kaitstud

See raamat, sealhulgas kõik osad, on autoriõigusega kaitstud ja seda ei tohi reprodutseerida ilma autori loata, edasi müüa ega üle anda.

Aldivan Torres, on mitme žanri konsolideeritud kirjanik. Praeguseks on selle pealkirjad avaldatud kümnetes keeltes. Juba varases eas oli ta alati kirjutamiskunsti armastaja, olles kindlustanud professionaalse karjääri alates 2013. aasta teisest poolest. Ta loodab oma kirjutistega aidata kaasa rahvusvahelisele kultuurile, äratades rõõmu lugeda neid, kellel pole veel harjumust. Sinu ülesanne on võita iga lugeja süda. Lisaks kirjandusele on selle peamised maitsed muusika, reisimine, sõbrad, perekond ja elu rõõm. "Kirjanduse, võrdsuse, vendluse, õigluse, väärikuse ja inimolendi au jaoks on alati tema moto.

Miski Ei Pääse Sinu Saatusest.
Pärast pikka reisi
Hanumantal Bada Jain Mandir
Esimene pühamu
Teises stsenaariumis
Kolmandas stsenaariumis
Neljandas stsenaariumis
Viiendas stsenaariumis
Kuuendas stsenaariumis
Seitsmendas stsenaariumis
Kaheksandas stsenaariumis
Rikas põllumees ja alandlik noor naine
hüvasti
Baaris töötamine
Nõu
Töö talus
Perekonna kokkutulek
Peigmees austatud
Teekond
Kuu aega Rio Branco linnas
Rose perekonna reaktsioon
Naasmine Cimbres
Endise peigmehe lepituskatse
Pulmapidu
Esimese lapse sünd
Esimese kaubanduse loomine
Turu avamine
Õitseng
Perekond
Kümneaastane periood
Reunion
Tunnustades oma rolli ühiskonnas
Unistuste otsimine

Lapsepõlve kogemused
Keegi ei austa minu seksuaalsust.
Suur viga, mille ma oma armuelus tegin
Suur pettumus, mis mul töökaaslastega oli
Suured ennustused minu elule
Pühak, kes oli apteekri poeg
Teekond
Saabumine seminari
Jumalaema külastus
Õppetund religioonist
Vestlus seminaril
Sissepääs Armastav kogudusse
Misjonärina maal tuuritamine
Ühes külas Lõuna-Itaalias
Koguduse asutaja surm
Piiskopi ametikohale nimetamine
Napoleon Bonaparte sissetung
Paguluse periood
Hüvasti, missioon
Jabalpur- 4. jaanuar 2022

Pärast pikka reisi

Ma olin just lennukist maha tulnud ja olin ekstaasis põlisrahvaste piirkonna rohkuses. See oli tõesti tähelepanuväärne maastik. Kui mägede, jalakäijate, autode ja kosmose pärast võistlevate loomade vahel tekkis reljeef, oli India väga eksootiline riik. Ma tundsin end eriti hästi selles müstilises ja müstilises ruumis.

Lennukist väljudes jõuan lennujaama veidi segaduses. Ma suhtlen inglise keeles ja üks kohalikest töötajatest viib mind taksosse. Eesmärk oli jõuda hotelli, kus mind juba oodati.

Ma istun taksosse. Ma tervitan juhti ja annan sulle aadressi, mida sa tahad. Ma istun mugavalt tagaistmel ja siis matš antakse.

Algab minu esimene töö riigis. Hetkeks näevad tähtsad mõtted mu mõtteid. Mis juhtub? Kas ma olin väljakutseks valmis? Kust ma meistri leian? Praegu oli palju vastamata küsimusi.

Linn tundus mulle väga kena. Temast lummatuna liikusime kitsastel tänavatel edasi, nagu polekski aega. Tundus, et valgustatuse tee loobus ajast ja ruumist. Tundus, et mu kahtlused olid suuremad kui miski muu. Kuid ka uudishimu ja võidutahe täitsid mind täielikult ja tegid minust mehe, kelle kallal tööd teha. Ma lihtsalt ei teadnud, millal ja kuidas see juhtub.

See kõik viib mind suurepärase peegelduseni, mis hõlmab minu enda elu ja karjääri. Ma nägin elu kui suur vaimne proovikivi. Inimene on istutatud sotsiaalsesse keskkonda, tekivad raskused ja viisid nendega silmitsi seismiseks ning meie asi on jagada. Kui me oleme elus passiivsed, ei lõika me midagi. Kui oleme oma projektides aktiivsed, on meil võimalus võita või ebaõnnestuda. Kui me ebaõnnestume, saame ära kasutada uutes olukordades saadud kogemusi. Kui me võidame, võime välja mõelda uue unistuse, et saaksime oma mõtteid hõivata. Sest inimene on see: ta elab pidevalt Jumalat ja iseennast otsides.

Neid tänavaid mööda minnes näen ma elanikkonna päritud vaesuse ja rikkuse tagajärgi. See kõik ei ole karma. Kõike saab kujundada meie enda tahte järgi. Ja see ei ole isegi isekuse küsimus. See on viis oma eesmärkide saavutamiseks, sest ilma rahata ei ehitata maa peale midagi. Raha omamine ei anna teile vastutust oma evolutsiooni eest. Me peame alati ilmutama ligimesearmastust, et avastada tõelist õnne ja kohtuda kõige loojaga.

Takso jõuab lõpuks kohale. Ma ronin hotelli trepist üles ja tunnen end mugavalt esimese korruse korteris. Ma pakin oma kotid ja tunnen end vabalt. Pärast seda lahkun korterist ja räägin ühe kohaliku töötajaga. Üks neist on väga huvitatud minu majast ja on valmis olema minu teejuht.

Dinesh

Sa tõesti meeldisid mulle. Sinu hoiakud, teod, sinu olemise viis tunduvad mulle väga omased. Mis su nimi on ja kust sa pärit oled?
Jumalik
Minu nimi on Jumalik, Jumala poeg, nägija või Aldivan Torres. Ma olen üks suurimaid Brasiilia kirjanikke.
Dinesh
Oh, see on imeline. Ma armastan Brasiilia rahvast. Ma olin sinu vastu uudishimulik. Kas sa räägiksid mulle natuke oma loost?
Jumalik
Muidugi teeksin seda hea meelega. Aga see on pikk lugu. Olge valmis. Minu nimi on Aldivan Torres ja lõpetab matemaatika kraadi. Minu kaks suurt kirge on kirjandus ja matemaatika. Ma olen alati armastanud raamatuid ja lapsest saati olen püüdnud enda oma kirjutada. Kui olin oma esimesel keskkooliaastal, kogusin mõned väljavõtted Koguja, Tarkuse ja Õpetussõnade raamatutest. Ma olin väga õnnelik, kuigi tekstid ei olnud minu omad. Ma näitasin seda kõigile, tohutu uhkusega. Lõpetasin keskkooli, võtsin arvutikursuse ja lõpetasin mõneks ajaks õpingud. Seejärel astusin elektrotehnika tehnilisele kursusele, mis kuulus sel ajal Föderaalsele Tehnoloogiahariduse Keskusele. Kuid ma mõistsin, et see ei ole minu ala saatuse märgiks. Ma olin valmis selles valdkonnas praktikale minema. Kuid päev enne testi, mida ma kavatsesin teha, palus kummaline jõud mul pidevalt loobuda. Mida rohkem aega möödus, seda suurem on selle jõu surve. Kuni ma otsustasin testi mitte teha. Surve rahunes maha, nagu ka mu süda. Ma arvan, et see oli saatuse märk, et ma ei läinud. Me peame austama oma piire. Ma tegin mõned võistlused; Mind kiideti heaks ja praegu täidan ma hariduslikku haldusassistendi rolli. Kolm aastat tagasi oli mul veel üks saatuse märk. Mul oli probleeme ja sattusin närvivapustusse. Seejärel hakkasin kirjutama ja lühikese aja jooksul aitas see mul paremaks saada. Selle kõige tulemuseks oli raamat: Nägemus meediumist, mida ma ei avaldanud. Kõik see näitas mulle, et mul oli võimalik kirjutada ja omada väärilist elukutset. Pärast seda läbisin veel ühe võistluse, seisin tööl silmitsi probleemidega, elasin nägija sarjas uusi seiklusi ning mul oli suur armastus ja

professionaalsed pettumused. Kõik see pani mind kasvama meheks, kes ma olen täna.

Dinesh

Huvitav. Kõlab nagu imeline trajektoor minu jaoks. Ma olen lihtsam. Ma olen munga poeg ja ma õppisin temaga oma religioonist saladusi. Ma uurisin rohkem ka kultuuri ja kasvasin üles inimesena. Minu olendid on osutanud teile kui kellelegi erilisele. Ma tõesti tahaksin sind paremini tundma õppida.

Jumalik

Noh, see on kõik. Ma olen huvitatud ka sinuga kohtumisest. Tehkem seda kultuurivahetust. Ma tahan rohkem teada saada teie riigi ja kultuuri kohta. Me kasvame koos evolutsiooni suunas.

Dinesh

Siis järgnege mulle.

Vastasin eksperdi kutsele. Võtsime takso ja hakkasime linnatänavatel kõndima. Tõesti, ma nautisin kõike, mille tunnistajaks ma olin. Kõik oli nii uus ja nii huvitav. See julgustas mind kõike üksikasjalikult jälgima, et kirjutada oma järgmine töö.

Ringiratast kõndides ja siis sirgelt vaadates vaatan autoaknast välja kogu liikumise tänavatel. Tundsin end õnnelikuna, rõõmsana ja ideederohkena. Ma leidsin end inspireerituna tekitamast head elu lummust kõigile neile, kes minuga kaasas olid. Kõik on kirjutatud elu ja saatuse raamatusse. Sellest piisas, et uskuda. Kui me kõnnime, alustan ma vestlust.

Jumalik

Kuidas sa Jabalpur linna defineeriksid?

Dinesh

Jabalpur on rahvaarvult kolmas linn Madhya Pradeshi piirkonnas ja suuruselt 37. linnastus riigis. Oleme oluline linn kaubandus-, tööstus- ja turismikontekstis. Oleme ka oluline hariduskeskus.

Jumalik

Mis on nime Jabalpur päritolu?

Dinesh

Mõned ütlevad, et see oli sellepärast, et salvei, kes mediteeris Narmada jõe kaldal. Teised ütlevad, et see oli tingitud graniitkividest või suurtest kividest, mis on piirkonnas tavalised.
Jumalik
Suurepärane. Eriti hea. Mulle meeldis selle koha kohta natuke rohkem teada saada.
Auto annab muhke ja kõige lõdvestunud tundeid. Kõik oli liikumas kultuuride ja traditsioonide kohtumisele. Sel ajal oli oluline seada esikohale teadmised ja tarkus, mida oli võimalik saada. Pärast programmi võib see vallutada sisemise mina vabastamise, nii võimsa energia, et see võib panna meid valgustuma. Midagi polnud võimatu võita, sest usk võis tuua suuri imesid.
Sõiduk liigub küljelt küljele ja me leiame end hajutatuna oma mõtetesse. Kui ekspert valmistus ennast küsitlema ja õppestrateegiat välja töötama, reisisin oma vanades elulugudes. Kogu eelmine loominguline protsess tugevdas mind sel viisil ja inspireeris mind looma maailmu ja kontseptsioone. Oli vaja sukelduda universumi tuuma, tugevdada energiaolenditega, uurida enda kontrolli, oli suur väljakutse.
Nii jõudsimegi treeningkeskusesse.

Hanumantal Bada Jain Mandir

Parklad templi ees. Me läksime alla, maksime juhile ja hakkasime tema poole kõndima.
Dinesh
Me oleme pühas kohas. See on koht, kus ma õppisin olema tõeline munk. Siin töötame heade energeetiliste vedelikega. See nõuab keskendumist, et oma energiat särada. Kõige sobivam sõna on õppimine.
Jumalik
Aitäh, et mind kutsusid. Me oleme siin, et energiat vahetada. Ma olen kindel, et see saab olema hämmastav kogemus.

Dinesh
Absoluutselt. See au kuulub mulle.

Esimene pühamu

Nad sisenevad suurde hoonesse, hoiavad asju toas ja lähevad siis vaimsele väljaõppele. Nüüd oli tegelik aeg kasvada ja konsolideeruda vaimse õpetajana. Tema lihaliku keetmise allikad needsid tema peas kohutavaid asju, justkui ärataksid sisemist jõudu.

Kapteni märgil hoiavad nad käest kinni ja püüavad koondada oma elutähtsat energiat. Rituaal muudab nad teadlikuks ja samal ajal uskumatult avatud meelega.

Dinesh

Paljud ei tea, millist sihtkohta valida või millist suunda valida. Nad on lambad, kes otsivad karjast. Teised ei tea, milline poliitiline, poliitiline, ideoloogia, seksuaalsus või religioon on ette määratud. Peatu, mõtle ja mõtle. Püüa kuulata oma intuitsiooni häält. Püüa luua ühendus jumalike energiajõududega. Kui me nende energiatega kokku puutume, suudame ise otsuseid teha. Seda sõltumata teie usust. Iga valik kehtib seni, kuni see ei kahjusta järgmist. Maailmas on meil kaks valikut: valik pimeduse teele ja teine valik on headuse tee jaoks. See peegeldab ka meie hoiakuid ja reflekse. Me ei saa paremini rääkida. Kõik on õppimise teed ja ei ole lõplikud.

Jumalik

See on see õppimisrada, mida ma tahan võtta. Mulle meeldib kogeda erinevaid ja autonoomseid aistinguid. Teadmised on meie suur relv vihkamise ja vägivalla vastu. Me peame oma ideaalide eest julgelt võitlema. Me peame üksteist õnnelikuks tegema ja laskma endal olla õnnelikud. Me kõik väärime õnne sellel igavese õpipoisi teel. Kuidas ma saan saavutada sellise vaimse vabanemise taseme?

Dinesh

Me peame tõsistest asjadest loobuma. Me peame tegema õige valiku. Me peame valima hea, olema LGBTIQQ grupi poolel, olema koos mustade inimeste, naiste ja vaestega. Me peame seisma tõrjutute kõrval ja jagama nendega sama leiba. Me peame seda tegema Jumala, enda, sünni ime, eksistentsi hiilguse, meie sentimentaalse ja füüsilise valu vähendamiseks, rohkem jõudu oma eesmärkide eest võitlemiseks ja oma loo väärikaks kirjutamiseks. Kui me loobume kõigest kurjast, kutsutakse meid targaks inimeseks.

Jumalik

Ma juba teen seda kõike. Ma olen taga aetud ja tõrjutute poolel. Mul on julgust end kõrvalseisjana identifitseerida. Ma tunnen endas iga päev eelarvamuste ja sallimatuse kannatusi. Kui ma oleksin Jumal, oleksin ma vaeste ja tõrjutute Jumal.

Dinesh

See on imeline, Aldivan. Ma samastun sinuga. Meie elus on hetki, mil vajame julgust, samastamist ja sihikindlust. Me peame voolama oma kõrgemat instinkti ja tegema imesid. Me peame olema algatusvõimelised ja tegema palju rohkem teiste heaks. Mul on kahju, et sa õppisid. Lähme järgmisse pühamusse.

Need kaks käivad käsikäes, nii et energia voolab korralikult ja liigub teise stsenaariumi juurde.

Teises stsenaariumis

Kaks sõpra on juba teises stsenaariumis. Ekspert korraldab rituaali jaoks kogu keskkonna: kaussi, kooki ja keskel asuvat lauda. Nad kasutavad klaasi, et juua alkoholi ja süüa kooki. Selles võib nende maos kuulda kummalisi hääli. Plahvatades kortermajades, tekitavad nad suitsu kõikjal.

Dinesh

Maailm on oma praegusel ajal täis eelarvamusi ja diskrimineerimist. Ühelt poolt valge eliit, rikas, ilus, poliitiline ja teisel pool vaesed, kole, haisev ja naine. Maailm, mis on täis reegleid, on loodud vastavalt eliidi soovidele. Ainult temal on kasu sellest, et ta tunneb end üleolevana, armastatuna ja imetletuna. Kuigi diskrimineerituid kiusatakse taga ja nad saavad vaevu hingata või elada rahumeelselt. Maailm vajab palju struktuurimuutusi. Me vajame õiglast poliitikat kõigi jaoks, me vajame rohkem töökohtade loomist, me vajame rohkem heategevust ja lahkust, lõpuks on meil vaja uut ühiskonda, kus kõik on tõeliselt võrdsed võimaluste, õiguste ja kohustuste poolest.

Jumalik

Ma tundsin seda oma nahas, mu sõber. Talunike poeg, juba varases eas õppisin oma eesmärkide eest võitlema. Sellel teel ei saanud ma abi kelleltki peale ema abi. Ma pidin oma unistuste nimel vapralt võitlema. Kui me kõvasti tööd teeme, siis Jumal õnnistab. Nii saavutasin järk-järgult oma eesmärgid ilma kellelegi haiget tegemata. Iga saavutatud võiduga kogesin erakordselt häid aistinguid. Universum justkui annaks tagasi kogu mu headuse. Selles võime kaaluda järgmist ütlust: kes istutab, lõikab!

Dinesh

Kõige hullem, mu sõber, on see, kui see eelarvamus muutub vihkamiseks, vägivallaks ja surmaks. On jõuke, kes on spetsialiseerunud vähemuste tapmisele ja mis on nii masendav.

Jumalik

Mõistma. Tundub, et maailma inimesed ei ole pandeemiast õppinud. Selle asemel, et üksteist armastada, nad tapavad, haavavad ja petavad. Enamik inimesi on kaotanud oma kooseksisteerimise põhiväärtused. Kuidas siis jumala ees taastuda?

Dinesh

Sellega seoses võime märkida, et maailma asjade, hiilguse või sotsiaalse staatuse, elu loomulike tsüklite, evolutsiooni tsüklite ja lõpliku vabanemise tõttu kaotasid paljud patud. See ei pane inimest kunagi täielikult arenema.

Jumalik

Kõik need asjad on üürikesed. Me peaksime muu hulgas arendama tarkust, teadmisi, kultuuri, headust ja ligimesearmastust. Ainult siis on meil konkreetsed edusammud valgustatuse teel.

Dinesh
Kuid see on vaba tahte tagajärg. Kui ma olen vaba, siis ma saan valida hea või kurja vahel. Kui ma eelistan pimedust, siis kannatan ka mina tagajärgede all. Ma arvan, et kui sa ei õpi armastuses, siis sa õpid valust.

Jumalik
Kõige targem valik oleks õppida armastuses. Selleks peaksime olema vähem nõudlikud ja tegutsema rohkem. Selleks peaksime unistused kõrvale heitma ja teised samasse kohta panema. Me peaksime muutma seda, mis meil viga on, minema kõndima ja valima, kes on meile hea. Kõik, mida tehakse armastusega, loob veelgi positiivsemaid energiaid.

Dinesh
Nõus. Kuid on tõesti õelaid inimesi. Põrgulikud olendid, kes ei anna teistele rahu. Ma ei saa aru, kuidas saab keegi oma naabrile kahju teha. Raske südametunnistuse koorem unes hävitab kellegi rahu. See on elav põrgu maa peal.

Jumalik
Seetõttu peame näitama oma humanitaarseid näiteid. Heade projektidega saame julgustada teisi inimesi sama teed minema. Ma usun, et heategevust tuleks jagada, et rohkem inimesi tunneks inspiratsiooni aidata.

Dinesh
Inimesed vaevalt aitavad. Isekus on maailmas valdav. Kuid neile, kes on tundlikud, on taevas lähemal.

Suits on madal. Nad hävitavad stseeni ja väljuvad problemaatiline transist. See oli suurepärane peegeldus. Nüüd lähevad nad järgmisele stsenaariumile ja elavad uusi kogemusi.

Kolmandas stsenaariumis

Nad kõnnivad paar sammu ja on juba uues stsenaariumis. Nad loovad omamoodi onni ja istuvad meditatsiooniasendis. Seejärel dialoog jätkub.

Dinesh

Seda, kes käib hea tee, kes teeb kogu töö inimkonna hüvanguks, kes pole kunagi teinud tõsiseid vigu, nimetatakse armuliseks. Selles evolutsioonis on vähe hingi. Mis on nende saladus? Ma usun, et see on ühendatud kõrgema jõuga. Juhindudes headest olenditest, saavad nad paremini mõista oma saatust maa peal ja kanda vilja.

Jumalik

Juba nendega vastuolus on inimesed, kellel ei ole vilja, need, kes seisavad silmitsi eluraskustega. Nad eelistavad pingevaba viisi, pigem hävitada kui lisada. Seetõttu kannatavad nad vaimsetes põrgutes. Mis neist puudu oli?

Dinesh

Sul puudus usk nende vastu. Raskustega silmitsi seistes eelistasid nad pigem vankuda kui teistsugust suhtumist. Mul on nende pärast kahju. Aga nad lõikavad seda, mida nad on istutanud.

Jumalik

Kuidas me saame maailma vallutada?

Dinesh

Usus püsimine ja oma eesmärkide eest võitlemine. Hoolitsedes hea tee eest, saavad nad laiapõhjalise ülevaate sellest, milline maailm on, ja teha parimaid valikuid. Kõik, mida pead tegema, on uskuda endasse.

Jumalik

Mis on edu saladus?

Dinesh

Et olla autentne. Inimene ei tohiks kunagi keelduda oma päritolu tunnistamast. Üks peab minema õnne sammudele, peab tegema kõvasti tööd, et hiljem koristada. Pea alati meeles, et Jumala aeg erineb meie omast.

Jumalik

Mida sa arvad inimestest, kes teesklevad?

Dinesh

See on suur inimlik süü. Paljud teevad seda enda kaitsmiseks, sest nad on oma elus palju kannatanud. Selline suhtumine oli sotsiaalse keskkonna tagajärg, kuhu see lisati. See jätab teid ilma olulistest sotsiaalsetest kogemustest.

Jumalik

Millised on selle tagajärjed?

Dinesh

Nad hävitavad oma elu, kuna nad ei eeldanud, kes nad tegelikult on. Kui me eeldame, kes me oleme, on meil juba omamoodi õnn. Isegi kui maailm on vastuolus meie reeglitega, võime olla õnnelikud individuaalsel tasandil. Pole midagi halba selles, et sul on oma reeglid.

Jumalik

Sellepärast on meil ütlus: minu elu, minu reeglid. Me ei tohi lasta ühiskonnal sekkuda meie isikuvabadusse. Meil peab olema sõna- ja teovabadus, kui see ei kahjusta meie naabrit.

Istung on läbi. Rituaal on tühistatud ja nad tunnevad end täielikumana. Juba tehti märkimisväärseid edusamme, kuid nad tahtsid teha rohkem edusamme. Eesmärk oli jagada ideid.

Neljandas stsenaariumis

Tuli põleb. Need kaks teevad tule ümber valguse ringi ja hakkavad tantsima. Nende kahe kogunenud energia põhjustab plahvatusi ja nad lähevad transsi.

Dinesh

Tuli on meie elus ürgne element. See on hinge, keha ja loodusliku maagia koostisosa. Tema kaudu saame manipuleerida olukordade ja saatusega. Tuli puhastab ja õilistab sõdalasi.

Jumalik

Kuid see on ka midagi, mis teeb haiget ja hävitab. Me peame olema ettevaatlikud selle manipuleerimisel, et me ei saaks haiget. Me peame liituma tule jõuga, et luua kasulikke olukordi. Niisiis, me peame tegema sama elu katsumustes. Me peame vähem võitlema ja rohkem kokku saama. Me peame andestama ja edasi liikuma. Me peame ületama ja neelama häid asju. See kõik on seda väärt, kui hing ei kahane.

Dinesh

Me peame suunama tule jõu. Selleks peame nende tegevust igas riskiolukorras vaimne vibratsioon. Olles seotud meie hea tahtega, võime vallandada oma sisemise kingituse ja muuta oma saatust. Me saame ja peame tegutsema igas olukorras oma elus, me peame olema oma ajaloo peategelased.

Jumalik

Tõde. See vaimne vibratsioon näitab meile, kes me oleme ja mida me tahame. Teades täpselt, mida me tahame, saame koostada kaalukaid ja püsivaid strateegiaid. Hea planeerimise korral vähenevad ebaõnnestumise võimalused märkimisväärselt.

Dinesh

Veelgi enam, need, kes kontrollivad tule jõudu, hoiavad teadmatusest eemale. Sest kes iganes on tuleekspert, omab kontrolli enda üle, teeb oma eesmärkides töökat tööd, täidab oma kohustusi ja kohustusi. Seda, kes areneb nii, et põlgab defekte ja kiidab nende omadusi, nimetatakse piinamiseks.

Jumalik

Selline teadmatus on suur probleem. Paljud lähevad sellest kaasa ja hävitavad kodusid ja olukordi. Me peame ületama erinevusi, korraldama oma rutiini nii, et saaksime kogeda oma võidustrateegiat ja lõigata oma istanduse vilju. Kui vili on hea, on see Jumalale meelepärane.

Dinesh

See viib meid elu mõtteni. Eksistents on saavutusi soodustavate olukordade sasipundar. Me peame korraldama kogu oma strateegia, et saaksime luua sidemeid teiste elusolenditega, et arendada oma tarkust, teadvust, usku, vabadust ja elutähtsat energiat. Me peame olema maailmas, et elada hästi ja üha enam.

Jumalik

Siit tuleb meie vaba tahte alane tegutsemine. Meil võib olla kasulik tulevik, kuid me ei ole alati valmis end selle nimel ohverdama. See hõlmab kohaletoimetamist, andmist, mõtlemist, harmooniat, vaimne vibratsioon, dispositsiooni ja argumente. On vaja äratada meie ülim meel ja sellega muuta suhteid. Kõigepealt on vaja olla kindlus.

Nende kahe vahel ripub piinlik vaikus ja rituaal on tühistatud. Nendes lühikestes tähtsates kogemustes kerkivad esile suured tõed. Rohkem kui elada, sa pead eksperimenteerima ja arenema. Selleks lahkuvad nad saidilt ja lähevad järgmisele stsenaariumile.

Viiendas stsenaariumis

Nad korrastavad viienda stsenaariumi keskkonda. Nad asetavad pühakute kujud, hästi kujundatud ja lillelised kardinad, viirukid haruldase parfüümi ja püha pistodaga. Pistodaga riskivad nad maapinnal ja suits tõuseb. Nad lähevad vaimsesse ekstaasi.

Dinesh

Mida sa rikkusele ütled? Ma leian, et see rahaotsing on väga põgus. Inimesed hävitavad teisi, kasutavad teiste kahjustamiseks halvasüdamlikku tegevust, kurjad teod ei ole eesmärkidega õigustatud. Me peame murdma selle raha tähtsuse ahela, me peame väärtustama seda, mis on tõeliselt oluline: heategevust, austust, armastust, sõprust, sallivust muu hulgas olulisi asju.

Jumalik

Raha on oluline, kuid see pole absoluutselt kõik. Meil võib olla raha ja heategevuslikke tegusid. See, mis määratleb inimese, ei ole tema ostujõud. Inimesi defineerivad nende hoiakud ja teod. See on see, mis jääb igaveseks pärandiks.

Dinesh

Nõus. Et kogeda maailma maitseid, on meil vaja raha. Peaaegu kõige jaoks vajame seda materiaalset tuge. See seletab seda hullumeelset rahaotsingut. Kuid see ei tohiks olla ainus oluline asi. Meil on vaja uut vaatenurka elule.

Jumalik

Raha teenimine ei tähenda ebaausust. On tõesti edukaid inimesi. See ei tohiks olla meie otsuste parameeter. Kuid me peame seisma ja asetama end elus vajalikesse asjadesse. Me peame alati olema efektiivsed teiste inimeste elus. Me peame vabanema ebapuhtatest asjadest, et olla õnnelikud.

Dinesh

Mis puudutab annetamise küsimust, siis analüüsin, et annetamine on tähtsam kui saamine. Annetus tekitab meie meeles tundeid, mis on vajalikud meie vaimu arenguks. Ja kes iganes annetuse saab, on oma vajadused rahuldatud. See on hea kahekordne tunne.

Jumalik

Ainus probleem on võltsitud kerjused. Paljud neist on pensionil ja küsivad pidevalt. Olen näinud teateid paljudest neist, kes ütlevad, et nad ei taha töötada, sest nad teenivad rohkem jaotusmaterjalidest. Seda nimetatakse pettuseks või pettuseks.

Dinesh

Seda juhtub palju. Me peame selles suhtes olema uskumatult ettevaatlikud. Lambanahas on hundid. Me peame olema ettevaatlikud, et meid ei petetaks.

Jumalik

Et need, kes saavad ausaid annetusi, ei pea sellest kinni. Nautida toitu või esemeid vastavalt nende võimele. Kui neile makstakse liiga palju, siis nad ka teevad seda. Maailm vajab seda solidaarsuse liitu.

Dinesh

Jumal õnnistagu meid alati. Hoidku Jumal meid rikkuses või vaesuses, Jumal hoiaks meid elutormides, Jumal hoidku haiguste ja nakkava katku eest. Igatahes, Jumal hoidku kogu kurja eest.

Jumalik

Kuidas me peaksime nautima elu naudinguid?

Dinesh

Me peame nautima elu rõõme selle ülimas väljenduses. Me ei saa midagi tagasi lükata, sest me ei tea seda homme. Need, kes keelduvad elu naudinguid ära kasutamast, kahetsevad siiralt. Me peame uurima ka eksistentsi saladusi. Me peame kasutama oma vaimseid ande ja kandma vilja. Ainult siis on meil täisväärtuslik elu.

Jumalik
Jah, budistlik tsükkel annab meile selle. See vabastab meid nähtamatutest vooludest, mis seovad meid madalate vibratsioonidega. Teades, kuidas oma elutsüklit kontrollida, saame teha hämmastavaid vaimseid edusamme.

Dinesh
Tõsi, need on alternatiivsed tsüklid. Nautides naudingut ja loobudes maistest asjadest, saame seda tsüklit arendada. See loob sasipuntra asjadest, mis koos usuga tekitavad ootamatuid olukordi. See on tarkade hea mõte.

Nad väljuvad transist, väljuvad võtteplatsilt ja lähevad järgmisse osakonda. Koolitus pani neid üha enam kasvama.

Kuuendas stsenaariumis

Rituaalne tseremoonia valmistatakse õlle, renessansi maali ja määrdunud aluspesuga. Valgustades nende ümber helendavat valgust, teevad nad kiire viiruki, et nad saaksid transsi minna. Oma mõtetes visualiseerivad nad minevikku, minevikku ja tulevikku kiirete lindudena. Vahepeal nad räägivad omavahel.

Dinesh
Maailmas on elav ja elutu. Kuid need kõik on universumi kujunemise olulised komponendid. Igaüks, kellel on oma funktsioon, oleme aja jooksul ajaloo agendid. Seda lugu kirjutab praegu igaüks meist. See võib olla kurb lugu või ilus lugu. Tähtis on see, kui aktiivse panuse igaüks meist universumisse annab.

Jumalik
Ma tunnen, et olen selle lahutamatu osa ainulaadsel viisil. Looduolendite poolt Jumala pojaks kutsutud, suutsin ma mõista universumi tumedamaid saladusi. Masendavate ja valulike kogemuste kaudu suutsin vaimselt areneda ja saada tarkuse eksperdiks. Ma kasvasin üles oma pingutustega. Olen kasvatanud oma annet, nagu Piibel soovitab. Ma ei peitnud end maailma eest. Ma võtsin oma identiteedi ja seisin silmitsi

vastandlike jõududega. Need on inimesed, kes mõistavad mind põrgusse ühiskonna diskrimineeritud toetamise eest, hüljatud inimesed, kes vajavad, et mul oleks lootust esindatusele. Mina olen tõrjutute hääl. Ma olen nende Jumal. Sellest rollist teadlik olemine ühiskonnas on minu kirjutamiskarjääri jaoks ülioluline. Seda mõistes oli see kõik minu jaoks loogilisem. Me ei ole maailmas üksi. Me oleme tugevad ja meil võib olla oma koht maailmas, isegi kui usufanatism meid hukka mõistab.

Dinesh

Nagu te ütlesite, me ei ole üksi. United, meil võib olla jõudu reageerida vastaste vastu. Me ei taha mingil juhul sõda. Me tahame dialoogi ja heakskiitu. Me tahame, et meie õigusi austataks, sest meil on selleks õigus. Aitab tapmisest ja jälitamisest. Me vajame selles maailmas rahu, mida viirus kummitab. Ja kas sa tead, miks viirus maailma sisenes? inimlikkuse tõttu. Me kõik oleme patus. See, et sa oled religiooni järgija, ei tähenda, et sul pole pattu. Nii et ärge kunagi otsustage järgmise üle. Vaadake kõigepealt oma vigu ja vaadake, kui vigane olete.

Jumalik

Sellega jõudsime budistlik tsükkel tsüklisse. Teie evolutsioon toimub ainult siis, kui teie südames on sallivust ja armastust. Me peame panema end üksteise kingadesse, andestama ja mitte kohut mõistma. Me peame lõpetama religioosse fanatismi. Me peame järgima Jumalat, mitte religioone. Need on kaks täiesti erinevat asja.

Dinesh

Tõde. Seda kasutatakse religioonide argumendina, et paljud teevad kurja. Raha nimel kaotavad paljud oma pääste. Need on nähtamatud sõjad, mida igaüks kannab.

Jumalik

Seetõttu peavad meil alati olema head eetilised väärtused kõigil elualadel. Me ei tohiks tappa loomi spordi või religioossete rituaalide pärast. Me peame säilitama küllusliku elu külluses.

Dinesh

Need on patused praktikad. Inimene käitub nagu universumi isand, kuid tegelikult on see väike punkt. Isegi meie planeet, mis on meie jaoks hiiglaslik, on universumis väike punkt. Olgem vähem uhked ja lihtsamad.

Rituaal on läbi. Igaüks kogub oma isiklikke asju ja puhkab. See oleks esimene öö magada nii kiirel päeval. Siiski oli veel pikk teekond, mida oli vaja läbida.

Seitsmendas stsenaariumis

Koidikud. Jõuk tõuseb üles, peseb hambaid, võtab vanni ja sööb hommikusööki. Pärast seda on nad valmis taasalustama vaimset õppimist. See oli ilus tee, mis oli tehtud kohtumistest ja avastustest. Ausused, pühendumise ja rõõmu tee.

See oli väikese unistaja suur seiklus, keegi, kes alati uskus endasse. Isegi elu põhjustatud suurte raskustega silmitsi seistes ei mõelnud ta kunagi oma kunstist loobumisele. Ta unistas alati oma kirjanduslikust tunnustusest ja iga päev tuli see lähemale. Ta oli lihtsalt õnnelik kõigi saavutatud armude üle.

Paar kohtus seitsmendas stsenaariumis. Nad vaimne vibratsioon, et sattuda transsi ja kui nad seda teevad, hakkavad nad lobisema.

Dinesh

Meie suureks teejuhiks on teadmised. Selle abil saame tõesti vallutada oma asjad ja saada suurema vabaduse. Teadmised muudavad meie elu ja saadavad meid kogu meie elu jooksul. Me võime kaotada oma töö, me võime kaotada oma suure romantilise armastuse, me võime kaotada oma raha. Kuid meie teadmised viivad meid võidu ja tunnustuseni.

Jumalik

Sellepärast ma olengi sellel seiklusteel. See on meeldiv tee, mis paneb mind õppima mitmeid asju. Ma tunnen, et ma kasvan iga hetke, kui kõik takistused on ületatud. Täna olen ma tõeliselt õnnelik ja rahulolev mees.

Dinesh

See on tõeline evolutsiooni tee, mida me peame järgima. Ülima evolutsiooni saavutamiseks peame vabanema igast negatiivsest tundest, mis meie meeli asustab. Me peame teisi aitama, ootamata kättemaksu. Iga päev tegutsedes saame ühenduda universumi suurema jõuga. Nii on meie elu mõistlikum ja muutub täielikumaks.

Jumalik

Tõde. See, mis hävitab inimese, on teesklus. Ta tahab olla see, kes sa ei ole, et mängida ühiskonnas head rolli. Need inimesed elavad igapäevast iseloomu, kuid nad ei ole õnnelikud. Kui me ei ela oma autentsust, kaotame osa iseendast.

Dinesh

Kuid paljud ei näe seda. Nad eelistavad elada seda muinasjuttu ja neil on see aktsepteerimise tunne. Ma mõistan isegi nende seisukohta. Me elame silmakirjalikus ja vastumeelsus seksuaalse sattumuse vastu ühiskonnas. Me elame ühiskonnas, mis tapab eelarvamuste tõttu. Miks ma peaksin siis oma eluga riskima? Kas poleks parem, kui ma elaksin dubleerimine ja oleksin õnnelik? Ma tõesti ei andesta neile inimestele.

Jumalik

See on religioosse sõjakuse vili. Need sektid panevad meid reeglitesse, mida nad isegi ei järgi. See on see, mis hävitab meie õnne. Aga ma rikkusin selle paradigma. Otsustasin olla vaba ja teha oma reeglid. Nii et ma tunnen end täiesti õnnelikuna.

Te olete mõlemad vaimustuses. Nad olid aastakümneid kannatusi ja usulist võõrandumist. Kõigil seal oli oma lugu. Miski polnud lihtne. Alles järk-järgult avastasid nad tõelise elurõõmu. See oli fantastiline saavutus.

Hetk hiljem lõpetavad nad rituaali ja suunduvad järgmise stsenaariumi juurde. Seal oli palju proovida.

Kaheksandas stsenaariumis

Uues stsenaariumis on nad täiesti lõdvestunud. Uutest kogemustest noorendatuna püüdsid nad mõista veidi rohkem universumit ja iseennast. See teadmiste protsess oli uute strateegiate väljatöötamisel ülioluline.

Algab uus rituaal. Nad teevad maagilise ruudu ja panevad end selle keskele.

Dinesh

Meie jõupingutuste ja töö küsimus. Et olla võimeline silma paistma, peame seadma esikohale oma töö kvaliteedi. Hästi tehtud töö teeb komplimente. Tööd selliste väärtustega nagu ausus, väärikus, heategevus ja sallivus on laialdaselt kiidetud. Seetõttu peame maailmas seda muutma.

Jumalik

Nõus. Vaadelgem minu eeskuju. Ma olen noor tööline, mul on oma kunstiline pool, ma olen heategevuslik, ma toetan perekonda, ma võitlen oma unistuste eest. Kuid teisest küljest on teised inimesed isekad, väiklased ja ei aita üksteist. Sellepärast maailm ei arene. Meil on vaja rohkem tegusid ja vähem lubadusi.

Dinesh

Sa oled eeskujuks. Isegi kõigi kohustustega, mis sul on, ei ole sa kunagi loobunud oma unistustest. Sa oled väga inimlik inimene, kes peab olema teistele eeskujuks. Me peaksime seda harjutama. Materiaalsetest asjadest eraldumine, lihtsates asjades rohkem rõõme, vähem küsimine ja rohkem tegutsemine. Olles ekspert oma lugu on oluline luua oma identiteeti.

Jumalik

See taandub vähem materialistlikule ja praktilisemale. Meil peab olema teistsugune ellusuhtumine. Väärtusta seda, mis tegelikult loeb.

Dinesh

Aga siis tuleb küsimus vabast tahtest. Inimesed ei ole robotid. Neil on õigus valida tee, mis on neile parim. Me ei saa kellelegi reegleid kehtestada. Ma arvan, et maailm jätkab oma hädadega. Lihtsam on valida kurja kui head.

Jumalik

Absoluutselt. Meie roll on lihtsalt juhendada. Keegi ei ole kohustatud midagi tegema. See vabadus viib meid nirvaana juurde. See vabadus on meie enda bränd. Me peame seda alati hindama.

Dinesh

Tõde. Me peame need hetked elus üles ehitama. Me peame suhtlema teiste inimestega, jagama kogemusi, neelama uusi asju ja välistama vanad asjad, mis ei anna enam midagi meie elus. See on elu taastamise põhimõte.

Jumalik

Selle regenereerimisega oleme võimelised kõrgemateks lendudeks. Me võime lihtsalt endale andestada, edasi liikuda ja uusi olukordi üles ehitada. Me võime muuta oma meelt ja näha teisi erinevast vaatenurgast. Neil rasketel aegadel võib meil olla rohkem usku inimkonda. Me võime uuesti proovida, et olla õnnelikud.

Vestlus on katkenud. Õhus on väike kummalisustunne. Nende meeled keerlevad nagu tasakaalustamata linnud. Seal on suur hulk tundeid, aistinguid, rõõmu, noorendamist, hiilgust, harmooniat, naudingut ja üksindust. Me pidime olema tähelepanelikud märkide suhtes, mida elu meile annab. Sa pidid uskuma oma võimetesse lootuses maailma muuta. See võttis palju rohkem, kui nad ootasid. Ja nii lõpeb rituaal sellega, et nad otsustavad töö lõpetada. Nad teadsid, et on õige aeg alla anda.

Rikas põllumees ja alandlik noor naine
hüvasti

Cimbres, 2. jaanuar 1953

Rose oli umbes kaheksateist aastat vana alandlik noor naine. Ta oli piirkonna kõige ilusam ja ihaldatum tüdruk. Ma olin kihlatud Peteriga, sinu suure armastusega. Ainult teie pere rahaline olukord ei olnud hea. See oli suure põua periood ja kõik kannatasid ilma valitsuse investeeringuteta. Miljonid võitlesid ellujäämise eest ning neil puudus toit ja vesi.

See oli siis, kui oli kohtumine pruudi perekonnaga, et tegeleda konkreetsete probleemidega. Kohtumisel osalesid Rose, Onofre (Rose isa), Magdaleena (Rose ema) ja Peter (Rose kihlatu).

Onofre

Miks sa selle kohtumise korraldasid? Kas sa plaanid midagi?

Peter

Ma tahan otsusest teada anda. Mul on sao Paulos töö ja ma pean muutuma. Kui ma tagasi tulen, korraldan pulmad.

Onofre

OK. Niikaua kui sa austad mu tütart. Me teame, et vahemaa segab paari elu.

Peter

Mõistma. Omalt poolt jätan ma kokkuleppest kinni. Ma lähen tööle, et saada raha, et abielluda. Kas pole tore, mu arm?

Rose

See saab tore olema. Meil on seda vaja. Halb osa on see, et ma hakkan sinust nii väga puudust tundma. Ma armastan sind väga, mu arm. Meie tunded on tõsi. Me ei saa sellest ilma jääda.

Peter

Ma luban, et ma ei unusta teda. Ma vastan kirja teel.

Rose

Ma ootan seda väga.

Magdaleena

Kogu see õnn teile mõlemale. Aga kas see toimib?

Peter

Usalda mind selles. Püüan võimalikult kiiresti tagasi tulla. Jääge rahusse ja Jumala juurde.

Nad kallistavad. See oli viimane füüsiline kontakt enne reisi. Paljud mõtted jooksevad läbi selle sõdalase mehe mõistuse. Ta püüab maha rahuneda ebakindlas keskkonnas. Kuid ta oli täiesti otsustanud välja kolida ja oma õnne proovida. Kui oled hüvasti jätnud, läheb poiss bussiga. Selle sihtkoht oli riigi kaguosa, kus oli parem majanduslik olukord.

Baaris töötamine

See oli peoõhtu Cimbres linnaosa lõbubaaris. Nad tähistasid küla ühe tähtsaima mehe pulmi. Selleks, et raha teenida, töötas Rose ettekandjana.

See oli siis, kui must mees helistas talle.

Garcia

Palun, preili, tooge mulle veel õlut ja grilli.

Rose

Hea küll, härra. Ma olen siin, et sind teenida.

Garcia

Täname. Aga mis paneb sellise ilusa noore naise niimoodi töötama?

Rose

Ma pean töötama, et oma vanemaid aidata. Mu kihlatu läks São Paulosse ja ma olin üksi.

Garcia

Ta on suur. Sa jätsid tüdruku üksi? Kas sa tahaksid mind minu farmi saata? Mul on selles farmis nii kahju. Mul pole kellegagi rääkida.

Rose

Ma ei saa seda teha. Mul on oma kihlatuga kokkusaamine. Kui ma seda teeksin, rikuksin ma oma maine ühiskonna ees.

Garcia

Mõistma. Ma ei hakka sulle valetama. Ma olen abielus, aga mu naised on pealinnas. Minu abielu temaga ei lähe hästi. Ma vannun sulle, et kui sa mind vastu võtaksid, siis ma hülgaksin su ja abielluksin sinuga. Mul on tõsi taga.

Rose

Mul on põhimõtted. Ma olen auväärne naine. Jäta mind rahule.

Garcia

Ma mõistan. Aga kuna sa vajad tööd, siis ma kutsun sind koristama oma farmi farmis. Mingi raha aitab sind, kas pole?

Rose

See on tõde. Ma nõustun teie ettepanekuga. Nüüd pean ma teise kliendiga kohtuma.

Garcia
Sa võid rahus minna, kallis.

Rose kõnnib minema ja farmer jälgib teda pidevalt. See oli armastus esimesest silmapilgust viisil, mida ta ei oodanud. Isegi kui see oleks vastuolus tolleaegsete ühiskondlike konventsioonidega, teeks ta kõik, et oma soovi täita. Ma kasutaksin su rahalist võimu sinu kasuks.

Nõu

Pärast seda, kui talunik minema kõndis, helistab töökaaslane Rose rääkima. Tundub, et see inimene oli olukorda märganud.

Andrea
Kui ilus farmer, eks, naine? Mis toimub? Kas sa annad talle võimaluse?

Rose
Kas sa oled hull, naine? Kas sa ei tea, et mul on kokkusaamine?

Andrea
Lõpeta lollitamine. See mees on erakordselt rikas ja võimas. Kui sa temaga abiellud, ei saa sa enam kunagi teada, mis viletsus on. Sa ei pea enam selles baaris töötama. Mõtle selle peale. See on sinu ainus võimalus oma elu muuta.

Rose
Aga ma armastan oma kihlatut. Kuidas ma saan sind niimoodi reeta?

Andrea
Armastus ei tapa nälga. Mõtle kõigepealt iseendale, oma rahalisele turvalisusele. Aja jooksul õpid talupidajale meeldima. Ja mis kõige parem, teil on elu rahalise turvalisusega. Kui ma sinu asemel ei mõtleks ma kaks korda ja võtaksin selle pakkumise vastu.

Rose oli mõtlik. Kui järele mõelda, siis su kolleeg ei eksinud täielikult. Milline tulevik sul vaese mehe kõrval oleks? Ja kõige hullem on see, et ta oli liiga kaugel. Teisest küljest olid tema vanemad keerukalt seotud sotsiaalsete reeglitega. Sellist armastust ei oleks lihtne vastu võtta.

Rose

Aitäh nõuannete eest. Ma mõtlen kõigele, mida sa ütlesid.

Andrea

Hea küll, mu sõber. Mul on täielik toetus.

Mõlemad on tagasi tööl. See on olnud kiire päev täis kliente. Päeva lõpus jätab Rose hüvasti ja läheb koju. Ta mõtles kõigele, mis temaga juhtus.

Perekondlik õhtusöök

Töö talus

Rose saabub suure talumaja ette. See oli muljetavaldav hoone, pikk ja lai. Sel hetkel täidab ahastus sinu olemise. Mis juhtub? Millised kavatsused teie ülemusel oleksid? Kas ta oleks tõesti hea inimene? Ta mõistus kubises vastamata mõtetest. Kogudes julgust, liigub ta ukse poole, helistab kella ja loodab, et talle vastatakse.

Maja koristaja

Mida sa tahad, proua?

Rose

Ma tulin majaomanikule tööd tegema. Kas ma võin sisse tulla?

Maja koristaja

Muidugi on küll. Ma lähen temaga kaasa.

Nad mõlemad sisenevad majja ja lähevad pearuumi. Selles ootas rikas põllumees juba.

Garcia

Milline rõõm on näha meie kallist Rose! Ma olen ärevalt oodanud. Kuidas sul läheb, mu armsad?

Rose

Ma tulin tööle. Mul läheb hästi. Aitäh hoolimise eest.

Garcia

Alzira, mine linna sisseoste tegema ja võta seal kaua aega. Tule täna õhtul tagasi.

Alzira

Ma lähen, boss. Teie tellimused on alati täidetud.

Rose võttis harja ja riide, et maja puhastada. Ta hakkas oma töös meeletuid liigutusi tegema. Kuid varsti lähenes põllumees. Ta võttis oma tööriistad ja hoidis seda. Rose värises, kuid ta igatses ka seda hetke. Õrnalt võttis tema ülemus ta sülle ja viis ta oma tuppa. Armastuse rituaal algas ja ta oli valmis võtma oma süütuse. Rose unustab kõik ja annab endale selle kire. Nad satuvad mingisse hüpnootilisse transsi. Ainus, mis teda huvitas, oli rõõm.

See oli nende kahe ja suure armastuse vahelise seose päev. Kõik varasemad mõisted olid langenud. Nad ei kartnud. Nad olid suures kires.

Garcia

Ma tahan sinuga tähendusrikast suhet. Ma olen valmis oma naise maha jätma. Tänapäeval oleme tema ja mina lihtsalt sõbrad. Usu mind, sa tõesti meeldisid mulle.

Rose

Tunnistan, et ka mina olen sinust sisse võetud. Ma tõesti tahan seda suhet ette võtta. Aga kuidas me seda teeme? Mu pere ei kiidaks seda heaks.

Garcia

Sa võid selle mulle jätta. Ma hoolitsen kõigi pettuste eest. Lõpeta suhe oma kihlatuga ja mina hoolitsen ülejäänu eest.

Rose

Hästi. Ma armastasin meie päeva väga. Ma pean nüüd minema, et teised inimesed ei kahtlustaks.

Garcia

Mine rahus, mu arm. Näeme varsti. Ma pean ka kohe töötama.

Konsolideeritud suhtega kaks osa. See, mis tundus võimatu, oli tõeks saanud. Liigume narratiiviga edasi.

Perekonna kokkutulek

Talunik oli tõesti kavatsenud suhet Rose. Suhte tugevdamiseks tegi ta ettepaneku kohtuda perekonnaga, et arutada konkreetseid küsimusi.

Garcia

Ma olen siin sellel kohtumisel eesmärgiga teatada oma suhetest Rose.
Ma tahan teie luba selle eesmärgi saavutamiseks.

Onofre

Sa oled abielus mees. Ühiskonna silmis ei ole meeldiv, et auväärne tütar suhtleb abielus mehega.

Rose

Aga me armastame teineteist, isa. Ma olen oma kihluse juba lõpetanud ja ta on tegelikult oma naisest eraldatud. Mida sa veel tahad?

Onofre

Ma tahan, et sa tekitaksid häbi. Ma tahan, et sa käituksid nagu austusega naine. Sa väärid palju enamat, laps. Sa oled uskumatult väärtuslik noor naine.

Rose

Ma olen suurepärane naine. Aga ma armastan imelist meest. Ma tõesti armastan teda. Mis sa arvad, ema?

Magdaleena

Mul on kahju, mu laps. Aga ma olen oma abikaasaga nõus. Sa pead säilitama oma reputatsiooni. Unusta see mees ja võta üks mees.

Rose

Mul on väga kahju, et mul on sellised traditsioonilised vanemad. Ma ei ole nõus.

Garcia

Ma sain su vaatevinklist aru. Aga ma arvan, et nad eksivad. Ma näitan sulle ikka veel oma väärtust. See ei ole lõpp. Ma usun ikka veel meie õnne, mu armastusse.

Rose

Ma usun seda ka. Ma veenan sind ikka veel, et sa eksid.

Onofre

Ma olen jagamatu. Sa võid minna, poiss. Sul on juba vastus olemas.

Henriques lahkub silmnähtavalt rahulolematuna. Tema lepituskatse oli ebaõnnestunud. Ebaõnnestumine tõesti liigutas teda. Kuid see oli midagi, mis peegeldas ja kavandas uut strateegiat. Nii kaua, kui oli elu, oli ka lootust.

Peigmees austatud

Poiss-sõbra olukord oli kohutav. Keelatud kohtuda, nad kannatasid liiga palju perekonna arusaamatus tõttu. Need olid pimedad ja kurvad päevad. Miks me peaksime järgima selliseid vanamoodsaid suhtereegleid? Miks me ei võiks olla vabad ja täita oma soove? See oli nende kahe mõte isegi nii paljude takistuste ees.

Ta mõtles nii, et talunik otsustas tegutseda. Ta kirjutas kirja, nuttis palju ja palkas postikandja. Töötaja läks tööd tegema. Varsti seisin ma Rose maja ees. Ta plaksutab ja ootab, et temaga tegeletaks. Inimene majas sees ilmub välja.

Postitöötaja
Hei, noormees. Kas sina oled Rose? Mul on sulle kiri.
Rose
Jah. Tuhat tänu.

Kirja vastu võttes pöördus noor naine tagasi majja, kus ta end tuppa lukustas. Pisaratega silmis hakkab ta teksti lugema.

Cimbres, 5. detsember 1953

Ma kirjutan, et avaldada oma nördimust teie perekonnale, et nad on keelanud meie suhte. Ma olen selle pärast väga kurb, ma armastan sind väga. Ma tahtsin sinuga pere luua. Ma tahtsin sind su rahalisest viletsusest välja aidata.

Ma ei arva, et elu oli meie suhtes õiglane. Huvitav, kas meil oleks veel üks väljapääs. Kas sa tahaksid anda meie armastusele teise võimaluse? Kas sul oleks julgust seda eeldada? Sest kui sa tahad, siis ma vannun sulle, ma jooksen su juurest ära, kuni asjad paremaks lähevad. Kuid peate seda külmalt analüüsima ja teadma, mis on kõige olulisem. Kui teie vastus on jah, võite siia talusse tulla ja kõik on meie reisiks valmis. Ma ootan sind täna.

Kiindumusega, Henriques Garcia

Rose jääb staatiliseks. Milline uskumatu ja julge ettepanek. Sel hetkel läbib teie meelt emotsioonide keeris. On piisavalt aega, et ta mõtleks ja teeks lõpliku otsuse. Tema vanemad olid lahkunud tööle ja kasutasid võimalust kirjutada kiri, milles selgitati tema otsust. Siis pakkis ta oma kotid esmatarbekaupadega ja lahkus. See on nagu ütlus: "Me oleme vabad."

Rose üürib majast välja minnes lollaka ja väriseb ärevusest. Ma tundsin korraga palju emotsioone. See ei olnud kerge otsus. Ta loobus konsolideeritud peresuhtest, et riskida armastava suhtega. Mis oleks pannud teda seda otsustama? See ei ole kindel. Kuid suure haritud mehega seotud finantsfaktor, et see talunik oli ilmselt hea põhjus, miks ta seda hulljulget seiklust alustas. Kas see oleks seda väärt? Ainult aeg saab sellele küsimusele vastused. Praegu tahtis ta lihtsalt seda vabadust ära kasutada, et olla õnnelik.

Sõiduki edenedes võib ta juba proovida oma pisaraid pühkida. Ta peab olema väga tugev, et taluda selle valiku tagajärgi. Nende tagajärgede hulgas oli ühiskonna kritiseerimine ja perekondade tagakiusamine. Aga kes ütles, et ta hoolib? Kui me mõtleme teiste arvamusele, ei ole meil kunagi autonoomiat oma elu juhtimiseks. Me ei kirjuta kunagi oma lugu hirmust. Nii rahustas teda palju teatud isiklik turvalisus.

saabub farmi, ta maksab juhile ja väljub sõidukist. Kuuldes müra väljas, tuleb tema partner temaga kohtuma. See oli tõesti kõik valmis. Need kaks sisenevad teise sõidukisse ja alustavad teekonda. Õnne poole, Jumala tahtel.

Teekond

Alustab teekonda mustuse teel, mis ühendab Cimbres Rio Branco linnaga. Ilm on soe, tee on mahajäetud ja nad on suurel kiirusel. Tagasi, on kõik pere, sõbrad ja mälestus. Tulevikus visualiseeritakse nende kahe suhe seni ühiskonna poolt keelatud.

Garcia

Kuidas sa end tunned, mu armsad? Kas sul on midagi vaja?

Rose

Ma tunnen end hästi. Sinuga koos olemine lohutab mind. Ma ei ole enam laps, kes nii palju kahetsust tunneb. Äkitselt käib mu peast läbi piltide jada. Siin olemine tähendab sallimatuse vastu võitlemist, oma vabaduse ja elamisrõõmu eest võitlemist.

Garcia
Mõistma. Mul on hea meel olla osa sellest muutusest. Me oleme kuu aega Rio Branco. Pärast seda läksime tagasi farmi. Nad on sunnitud meid vastu võtma.

Rose
Lootus. Loodan, et teie strateegia töötab. Meil oli vaja seda võimalust saada. Aga sinu teine perekond?

Garcia
Ma olen juba lahusoleku protsessis. Ma jagan poole oma varast oma vana naisega. Aga ma ei ole kohustatud temaga abielus olema. See oli aastaid rõõmu ja pühendumist meie abielule, kuid tundsin, et pean meie kannatused lõpetama. Me saime sellest palju inimesi välja.

Rose
See paneb mind end vähem süüdi tundma. Ma ei taha olla koduvrakk. Ma tahan lihtsalt leida oma koha maailmas ja kui see tähendab sinu kõrval olemist, kui see on minu õnn, siis ma aktsepteerin, et universum on mind varustanud. Aga mitte mingil juhul ei tahtnud ma kedagi hävitada.

Garcia
Ära muretse, ma tulen kohe tagasi. Mina olen see, kes temast omal vabal tahtel eraldus. Keegi ei saa meie üle kohut mõista. Sellest ajast peale, kui ma sind kohtasin, oled sa mind võlunud. Sealt edasi olid mu eesmärk sina. Ma ei pingutaks selle saavutamiseks. Nii palju kui kõik on meie suhte vastu, ei saa keegi seda peatada. See oli kirjutatud meie saatused see kohtumine, maktub!

Rose
Ma olen universumile selle eest tänulik. Ma tahan varsti Rio Branco jõuda. Ma tahan sind paremini tundma õppida. Ükski teine ei loe mulle. Ainult meie kaks universumis, kaks olendit, kes üksteist täiendavad ja armastavad üksteist. Meie armastus on nirvaana saavutamiseks piisav. See armastuse maagia, mis meid ümbritseb, on selle eest vastutav.

Garcia

Olgu siis nii, kallis. Ma armastan sind täiega.

Nad liiguvad üksi sellel tolmusel teel edasi. Mida saatus teile mõlemale ette valmistas? Keegi neist ei teadnud. Nad andsid end ainult võimsale energiale, mis juhtis neid läbi pimeduse. Ükski kurjus ei kardaks, sest armastus oli kõige võimsam jõud. See kõik oleks seda väärt lihtsalt sellepärast, et üks tahab teist. Nad pidid nautima elu parimal elujõulisel viisil ja need ei oleks ühiskonna dikteeritud reeglid, mis takistaksid neil oma tõdesid rahuldada. Neil olid oma reeglid ja nende isiklik vabadus oli suurem kui miski muu.

Olles sellest teadlikud, liiguvad nad Pernambuco sisemuses neil imelistel teedel edasi. Seal olid kivid, okkad, kultuurilised elemendid, maamees, loomastik, taimestik ja suur tolm. See stsenaarium oli üks ehtsamaid maailmas. Tulevik ootas neid avasüli.

Kuu aega Rio Branco linnas

See oli paari kõige oodatum intiimsuse hetk. Nad andsid end täielikult armastama, kehade ja meelte tantsus. Seksuaalakti ajal läksid nad transsi ja reisisid maailmadesse, mida pole kunagi varem näinud. See on armastuse maagia, mis on võimeline ületama kujutlusvõime piire.

Pärast seksuaalakti on see rahu ja ekstaasi hetk.

Rose

See oli parim asi, mis mu elus juhtunud on. Ma poleks kunagi arvanud, et süütuse kaotamine on nii fantastiline asi. Ma näen nüüd, et ma olen olnud rumal raisata nii palju aega selle ootamisele.

Garcia

Jah, kallis. Ka mina olen seda kaua oodanud. Ma näen, et mul oli õigus. Sa oled kõige huvitavam naine, keda ma kohanud olen. Ma tahan sind kogu oma elu.

Rose

Kas me saame oma lapsed?

Garcia

Ma tahan, et sinuga oleks palju lapsi ja saadaks sind läbi sinu karjääri. Ma luban teile, et me oleme õnnelikud, kuigi me saame õnnelikuks, isegi kui me võitleme kõigiga.
Rose
Sa rahustad mind palju. Ma olen valmis seda kohustust võtma. Järk-järgult jõuan ma olukorra rütmi.
Garcia
Suur aitäh sulle. Ma tunnen end uskumatult õnnelikuna. Ma pean nüüd farmi tööle minema. Hoolitse majapidamistööde eest. Ma tulen kohe tagasi.
Rose
Sa võid selle mulle jätta.
Need kaks jätavad hüvasti, kui igaüks läheb oma kohustusi täitma. Oma töö kallal töötades mõtles Rose kõigele, mis oli seotud tema eluga. Selle trajektoori muutmiseks oli see vaid väike otsus, mis põhjustas suuri muutusi. Ta oli mõelnud ainult iseendale, kahjustades oma perekonna tahet. Sest kui me mõtleme teiste arvamusele, ei saa me kunagi tõeliselt õnnelikuks.
Põllumees tuleb tagasi ja nad kohtuvad jälle köögis.
Rose
Kuidas su tööpäev möödus?
Garcia
See oli palju professionaalseid kohustusi. Ma olen väga väsinud. Mida sa õhtusöögiks valmistasid?
Rose
Ma tegin köögiviljasuppi. Kas see meeldib sulle?
Garcia
Ma olen armunud. Sul on tohutu annet toiduvalmistamiseks. Nüüd on sinu kord. Kuidas sa päeva kodus veetsid?
Rose
Ma hoolitsesin iga detaili puhtuse, toidu ja töötajate korralduse eest. Ma olen väga täiuslikult inimene. Meie teenijad kiitsid mind. Ma jätsin neile hea mulje.

Garcia

Imeline, mu arm. Teadsin, et olen leidnud õige inimese. Sa oled hea naine ja maja koristaja. Nüüd ma tahan rohkem lõbutseda. Kas lähme magamistuppa?

Rose

Jah. Ma ootasin seda hetke. Ma tahan rohkem teada saada armastuse maagiast.

Mõlemad lahkusid köögist ja läksid koos magama. Uus öö on alanud. Nad olid hiljuti kihlatud ja pidid neid esimesi hetki intensiivselt nautima. Vahepeal tundub, et maailm oli kokku varisemas.

Rose perekonna reaktsioon

Pärast tütre kirja lugemist oli Rose perekond jahmunud. Kuidas saab see reetmine olla nii perversne? Sellise suhtumisega oli ta lihtsalt ära visanud aastatepikkuse perekonna maine ja austuse ühiskonnas. Püüdes vältida selle tulemuseks midagi tõsisemat, valmistas Onofre (Rose isa) oma kohvri, ronis hobusele ja läks oma tütrele järele.

Sõbra kogutud teabe kohaselt elaks Rose Rio Branco farmis. Nii et ta lahkus. Mööda mustuse teed läks ta oma eesmärki otsima. Tema murelikus meeles olid kohutavalt kurvad asjad. Tema soov oli kättemaks, julmus ja palju viha.

Ta ei olnud rahul. Juba varases eas oli ta püüdnud töötada, et anda oma tütrele parimat. Ta oli õpetanud parimaid ettekirjutusi ja reegleid, mida hea tüdruk peab järgima. Kuid tundus, et ta oli selle kõik ära visanud. Kas ta tegi seda raha pärast? See oleks andestamatu ja väiklane suhtumine. Solvang perekonna väärikusele.

Selles pole kindel, et ta liigub mööda seda mustuse teed. Kirde stsenaariumiga silmitsi seistes elab ta läbi kummalisi aistinguid, mis teda häirisid. Kas tütar pärib oma iseseisva ja julge vaimu? Ta meenutab oma minevikku oma kirgedega, mida ta oli elanud. Ta oli tõesti nautinud elu, kuid oli kaotanud oma elu armastuse ühiskonna reeglite järgi. Kas ta oli õnnelik? Mõnes mõttes tundis ta end õnnelikuna. Kuid see ei olnud täielik õnn. Ta oli kaotanud oma tõelise armastuse ja see jättis armid tema seljataguse südamesse. See polnud kunagi endine.

Edasi liikudes olin ma valmis astuma vastu mehele, kes oli röövinud su tütre. Ta jäi rahulikuks ja ettevaatlikuks. Aga reaalsus on see, et ma olin vihane. Ta tundis end selle paari poolt reedetuna. See oli frustratsiooni, häbi ja sõnakuulmatuse tunne. Sa pidid tegema ideede kokkupõrke.

Seda teades läheneb ta veidi hiljem juba talule. Vara sissepääsu juures identifitseerib ta ennast ja põllumajandustootja teeb ettepaneku seda vastu võtta. Paar ja külastaja kohtuvad suure maja elutoas.

Onofre

Ma olen endast väljas. Sa jooksid minema nagu bandiidid. Te olete loonud meile kõigile väga tundliku olukorra. Mis see hullumeelne oli? Miks nad peaksid seda tegema?

Garcia

See oli ainus väljapääs. Sa käitusid, nagu oleksid oma tütre omanikud. Aga see ei ole nii. Lastel on õigus ise oma elu üle otsustada. Ma olin su tütre valik ja me armastame teineteist. Me ehitame nagunii perekonna. Me ei vaja selleks teie heakskiitu. See on midagi, mida ma tahan selgeks teha.

Rose

Ma tundsin end väga halvasti, kui ära jooksin. Aga ma ei ole su vang, isa. Mul on vaba hing. Ma tahtsin lihtsalt oma elus midagi muud proovida. Ma tõesti nautisin elu, mida mu abikaasa saab mulle pakkuda. Mul on kõrini elust, mida ma elasin. Mitte ainult finantsküsimuses, vaid ka minu enda sõltumatuse küsimuses. Temaga tunnen end turvaliselt.

Onofre

Ma mõistan seda. Aga see, mida ma kartsin, juhtus. Sa oled ühiskonna naerualune. Kõik kritiseerivad meid kodude hävitamise eest. Sellel mehel oli naine ja lapsed. See ei ole lihtne olukord.

Garcia

Meil kõigil on õigus teha vigu. Ma eksisin, kui valisin oma esimese abielu ja olin õnnetu. Kui ma su tütart kohtasin, siis ma armusin. Mul polnud mingeid kahtlusi. Ma tahtsin oma elu uuesti alustada. Ma ei usu, et keegi saab meie mõlema üle kohut mõista.

Rose

Ma poleks kunagi arvanud, et see lihtne on. Aga ma ei saa elada teiste inimeste arvamuste põhjal. Ma olen oma abikaasa kõrval väga õnnelik. Me mõlemad täiendame teineteist. Me oleme juba mees ja naine.

Onofre

Kas sa tahad öelda, et sa oled seksinud? Niisiis, see on tee, kust tagasiteed ei ole. Kui kahju on tehtud, siis kõik, mis jääb, on seda eeldada. Kas sa abiellud mu tütrega?

Garcia

Jah, ma plaanin seda varsti teha. Meil on juba abielusuhe. Kõik, mis on jäänud teha, on teha see ametlikuks. Mida sa selle peale ütled? Kuidas oleks, kui me lepiksime ära?

Rose

Minu jaoks oleks eriti tähtis, kui mul oleks sinu heakskiit, isa. Ma ei tahtnud olla konfliktis oma perega. Kui sa meid vastu võtad, oleks mu õnn täielik.

Onofre

Mul pole valikut. Sa võid Cimbres tagasi minna. Ma õnnistan seda pulma. Aga mul on nõudmine. Kui paned mu pere kannatama, võid sa olla kindel, et sa ei saavuta edukat järeldust.

Garcia

Ma ei teeks kunagi haiget inimesele, keda ma armastan. Ma luban, et austan sind kogu oma ülejäänud elu.

Rose

Tänan sind väga, isa. Me läheme tagasi oma kodumaale. Ma tahan, et mu lapsed kasvaksid sinu kõrval üles. Ma armastan sind; Ma armastan sind.

Nad tõusid püsti ja kallistasid. Mul on kahju, et kohtumine oli edukas. Nüüd liikuge lihtsalt oma eluga edasi ja seiske silmitsi takistustega, mis võivad tekkida.

Naasmine Cimbres

Kui suhteprobleem oli lahendatud, naasis paar Cimbres farmi. Sel viisil algas nende kõigi jaoks uus elutsükkel. Õnnelikuna kogusid nad pere kokku, et seda liitu tähistada.

Magdaleena

Ma ei lootnud seda ära tunda, aga teie kaks olete ilus paar. Teil on suurepärane meloodia, mis pakub palju rõõmu. Palju õnne, mu armsad.

Rose

Tänan sind väga, ema. Olen selle üle väga õnnelik ja rõõmus. Sinu toetus on kõik, mida ma tahtsin. Sul on täiesti õigus. Ma olen oma abikaasa kõrval väga õnnelik.

Garcia

Ma tõesti hindan su tähelepanekut, ämm. Mul on hea meel, et sa mõistsid, et meie vahel on tõeline armastus.

Onofre

Ma kinnitan oma naise sõnu. Ma vabandan meie erimeelsuste pärast. Sa oled väga hea mees. Millal need pulmad välja tulevad?

Garcia

Ma tahan abielluda selle aasta lõpus. Meil on suur pidu. Kõik peaksid osalema. See saab olema unustamatu päev kõigile, meie liidu realiseerimise päev.

Rose

Ma korraldan selle ära. Mulle meeldib pidusid korraldada. See saab olema mu elu kõige õnnelikum päev.

Kõik aplodeerivad ja röstivad õllega. Elu on tõesti suur vaateratas. Miski pole lõplik. Mõne hetkega võib kõik muutuda sinu eluks. See, mis on täna halb, võib tulevikus muutuda rahu. Ärgem siis kahetsegem oma vigu. Nad on õppimine ja uute strateegiate väljatöötamine. Oluline on mitte loobuda oma unistustest. Unenäod juhivad meid meie teekonnal maal. Tasub elada kõiki neid hetki rõõmu, meelelaadi, usu ja lootusega. Alati on võimalus võiduks ja eduks. Usu seda.

Endise peigmehe lepituskatse

Peter töötas Sao Paulos ja õppis pruudi reetmise kirja kaudu. Ta oli kurb, ahastuses ja tülgastav. Kuidas ta võis ära visata nii ilusa armastuse, et see oli nende kahe vahel? Kõik see sellepärast, et su vastane oli rikas farmer? See ei viiks teda kuhugi. Ta oli teadlik oma väärtusest inimesena ja oma küünisest, et võita. Kahju, et ta seda ei hinnanud.

Aga ta ei olnud veel alla andnud. Ta kavatses teha viimase katse ühtlustamiseks. Sellega sõitis ta bussiga ja hakkas reisima tagasi Kirde-Brasiiliasse.

Sündmuskohale jõudes suundub ta farmi. Ta kuulutab ennast ja teda tervitab tema vana tüdruksõber. Nad asuvad elutoa diivanil.

Rose

Ma olen nii kindel, et mu abikaasat pole siin. Mida sa siin teed? Kas sa oled hull?

Peter

Ma ei nõustu, Rose. Tunnen väga sinust puudust. Miks sa mind niimoodi reetsid? Kas sina polnud mitte see, kes ütles, et armastad mind?

Rose

Saage aru, kallis. Sa oled mu elust eemaldunud. Mul polnud kohustust sind oodata. Ma mõtlesin praktilisel viisil. Ma nägin endale paremat võimalust.

Peter

Ma kõndisin minema, et saada raha meie pulmadeks. Me leppisime selles kokku. Kui ma kuulsin, et sa oled kaaslase saanud, olin ma šokeeritud. Sa vedasid mind alt.

Rose

Mul on kahju teie kannatuste pärast. Aga sa oled liiga noor. Ma soovin, et sa leiaksid veel ühe takistamatu naise. Ma palun, et sa unustaksid mu igaveseks ja oleksid lihtsalt sõbrad.

Peter

Sinust ei saa kunagi mu sõpra. Sa jääd alatiseks mu armastuseks. Kui sa kunagi oma otsuse üle mõtled, siis tule minu juurde.

Rose

Hästi. Me ei tea, milline saab olema meie saatus. Andkem see Jumala kätesse. Kõike head sulle. Ole lihtsalt rahus.

Peter

Jumal õnnistagu sind ja kaitsku sind. Ma lähen tagasi tööle São Paulosse ja hoolitsen oma elu eest.

Nii see juhtuski. Peetrus naasis São Paulo linna. Oli vaja unustada kannatused ja oma eluga edasi minna. Oli palju häid asju, mida elu ära kasutada.

Pulmapidu

Kauaoodatud päev on saabunud. Perekonna kokkutulekul, mis oli seotud tantsu, peo ja muusikaga, tähistasid nad meie lemmikpaari liitu. See oli suurepärane pidu. On aeg, et pruut ja peigmees räägiksid.

Garcia

See on pöördeline hetk meie ajaloos. Ühtsuse, harmoonia, otsusekindluse ja õnne hetk. Meie elud tulevad kokku. Ma luban, et enne kõike, et ma täidan oma rolli abikaasana vääriliselt. Püüan saada maailma parimaks abikaasaks. Me kasvame koos üles ja moodustame oma pere. Selleks on mul vaja perekonna toetust ja mõistmist. Ma saan aru, et suhe on keeruline. Tuleb võitlushetki, rahulolematust ja õnnehetki. Aga me seisame selle kõigega koos lõpuni silmitsi. Mis sa arvad, mu arm?

Rose

Ma olen maailma kõige õnnelikum naine. Ma sain, mida tahtsin. Las meie lapsed ja lapselapsed kroonivad seda suhet. Nüüdsest saan elada täisväärtuslikku elu. See ei tähenda, et see kõik saab olema täiuslik, kuid me saame ületada tekkivad takistused. Ma olen olnud suur sõdalane juba noorest peale. Ma ei ole kunagi lasknud end elu tagasilöökidest üle saada. Kõige tähtsam oli see, et ma uskusin alati endasse. Ma olen väga saavutanud.

Kõik plaksutavad ja pidu jätkub. See on olnud pikk päev täis perekondlikke pidustusi. Õhtu lõpus jätavad kõik hüvasti ja paar naudib oma pulmaööd talus. See oli uue loo algus.

Esimese lapse sünd

See on olnud abielu aasta. Rose jäi rasedaks ja üheksa kuu pärast tuli kauaoodatud tütre sünnipäev. Paar võttis auto ja läks linna haiglasse. Seal hakkas arst kohale toimetama. Kaks tundi naine nuttis ja oigas, kuni poeg sündis. Isa sisenes sünnitustuppa ja kallistas oma poega. Ema hakkas ka pisaraid valama, igavlema.

Garcia

Ma olen uskumatult õnnelik. Mu tütar on ilus ja graatsiline. Tänan sind mu arm. Sa teed minust maailma kõige õnnelikuma mehe.

Rose

Ma olen ka kõige õnnelikum naine maailmas sinu kõrval. See on meie perekonna trajektoori algus. Ma näen, et me kõnnime heal teel ja et vaatamata kõigile raskustele ületame end järk-järgult. Edu ootab meid, mu kallis.

Garcia

Lähme lihtsalt koju. Meie pereliikmed on ärevil.

Paar lahkus sünnitusruumist, ületas peamise fuajee, jõudis väljapoole ja istus autosse. Siis algab tagasitee. Nad ületavad kogu linna lõunasse ja hakkavad kõndima mustuse teed. Liikumist oli vähe, päike oli tugev, linnud lendasid autost välja. Teisel hetkel kaob päike ja hakkab langema hea vihm. Maakeskkond oli ideaalne peegeldusteks ja emotsioonideks.

Nad liiguvad teele, mis on täis oma mõtteid, kahtlusi ja rahutust. Nad läbivad püha mäe käänulisi kõveraid. Kutsuv, looklev ja ohtlik mägi. Need olid emotsioonid, mis kogu aeg purskasid. Seda oleks tore proovida.

Koju jõudes võtavad nad vastu oma sugulased ja alustavad pidustusi. Õlle, muusika ja tantsuga pestud peol naudivad nad kogu päeva. See oli suur õnn, mida sõpradega jagati. Neil on imelised ja põnevad hetked. Kuid nende trajektoor oli alles algamas.

Esimese kaubanduse loomine

Pärast poja sündi ja uute kulude saabumist hakkas paar koostama plaani olukorra lahendamiseks ja jõudis kokkuleppele.

Garcia
Ma avan sulle turu, mu naine. Ma panen su venna saidi juhatajaks. Ta on väga intelligentne mees.

Rose
See on imeline, mu arm.

Selles tuli Rose vend majja ja kuulis vestlust.

Roney
Ma ei tea, kuidas sind tänada. Ma tõesti vajasin okupatsiooni. Mul on ka perega palju kulusid.

Garcia
Lisaks sellele võimalusele saate luua ka härgasid ja panna minu pinnale. Te ei pea üüri eest maksma. Nii saate raha kiiremini teenida.

Roney
Oh, mu jumal, mis on imeline. Tänan teid väga, õemees. Ma ei vea sind alt. Sa võid kogu aeg minu peale loota.

Garcia
Ma olen sellest teadlik. Sa oled mees, keda võid usaldada. Ma olen alati sinu jaoks olemas.

Rose
See oli hea mõte. Mul on hea meel, et kõik laabus. Meie pere liit on fantastiline. Ma olen uskumatult õnnelik, mu arm. Me kasvame koos üles.

Hea küll, nad alustasid ettevalmistusi ettevõtte elluviimiseks. Kõik pidi olema täiuslik, et äri oleks edukas.

Turu avamine

Oodatav avamispäev on saabunud. Peol osales suur rahvahulk. Öösel, mis hõlmas tantsu, jooki, muusikat ja paljusid kohtinguid, avasid nad oma ettevõtmise. See oli unistuse täitumine kõigile, kes seal olid.

Turul oli palju erinevaid toiduaineid ja see oleks selles piirkonnas teerajaja. See väldiks tarbetut linnasõitu.

See oli veel üks takistus, mis selle alustava paari elus ületati. Võib-olla tulevad uued saavutused.

Õitseng

Paar kuud on möödas. Kaubandus ja härgade kari õitsesid, mis andis sellele perele suure rahalise tagatise. Seoses õnnega olid nad kodus suures harmoonias ja rahus.

See oli nende elus suur pööre. Nad uskusid oma pereprojekti, seisid silmitsi tagasilöökidega ja võtsid julgelt omaks oma identiteedi. Kõik see andis konkreetseid tulemusi.

Uues etapis, mis algas, plaanisid nad kõrgemaid lende. Nad olid ühtsed ideaalse perekonna realiseerimiseks. Nad soovisid ideaalse rahu, mälestuse ja õnne keskkonda. Sellepärast nad nii kõvasti tööd tegidki.

Perekond

Aastad möödusid ja pere oli üles kasvanud koos uute laste sünniga. Rahaliselt oli neil kasvav õitseng. Seega loodi perekondlik suhe. See oli vastuolus kõigi teiste inimeste suhteprognoosidega.

Sellepärast peame alati oma elu eest vastutama. Me peame end vabastama teiste mõjust ja saama oma trajektoori autoriteks. Ainult siis on meil võimalus olla õnnelik. See nõuab usku, vastupidavust, tahet ja vabadust.

Meie tõeline saatus on olla õnnelik. Kuid selleks, et seda saavutada, peame tegutsema rohkem ja ootama vähem. See on see, mida see paar on kogu oma elu jooksul õppinud.

Kümneaastane periood

Talunik abistas pruudi perekonda rahaliselt. Kõik tema sugulased kasvasid üles igas mõttes. See tõi kõigile rohkem harmooniat ja õnne. See oli täiuslik ja õnnelik liit. Kümne aasta pärast kannatas põllumajandustootja tõsise haiguse all. Vaatamata kõigi pingutustele ei suutnud ta taastuda ja suri.

See oli suur valu kõigile sugulastele. Leinaprotsess algas ja kestis kaua. Need olid pimedad ja murettekitavad perioodid. Pärast seda suurt valu möödus uus planeerimine. Ühel või teisel viisil oli vaja elu jätkata.

Reunion

Pärast taluniku surma naasis endine peigmees Pernambuco. Ta läks lesega kohtuma.

Peter

Ma olen valmis sulle andestama. Nüüd, kui sa oled lesk, tahan ma sinuga uuesti kokku saada. Mul ei ole enam südamevalusid.

Rose

Mul oli abikaasaga mitu last. Ja sina abiellusid ka. Kas me saame oma armastuse tagasi?

Peter

Ma kinnitan teile, et see toimib. Me võime veel õnnelikud olla. Olukord on nüüd täiesti erinev. Meie teed on taas kokku tulnud. Lihtsalt liigu edasi ja ole õnnelik.

Rose

Ma võtan selle vastu. Ma tahan sinuga õnnelik olla. Ehitagem üks ilus lugu. See on meie võimalus.

Paar kallistas ja suudles. Sellest ajast alates oli neil rohkem lapsi ja nad lõid ideaalse suhte. See oli vana unistuse täitumine. Lõpuks jõudis lugu eduka lõpuni.

Tunnustades oma rolli ühiskonnas

Me ei tea, kust me tulime või kuhu läheme. See on midagi, mis on meid kummitanud kogu elu. Kui me sünnime ja mõistame sotsiaalset keskkonda, milles me elame, on meil väike mulje sellest, mis me võime elus olla. Aga see on vaid oletus. Need sisemised uurimised viivad meid ohjeldamatu otsinguni, et teada saada, kes me oleme ja millised me võime olla. See on koht, kus elu enda koolitamine tuleb, mis viib meid õigesse kohta.

Sellel eluteel juhindume märkidest. Selle äratundmine ja õhutamine ei ole lihtne, sest meie olemuses on kaks konfliktijõudu: hea ja kuri. Kuigi hea on juhatanud meid paremale poole, püüab kurjus meid hävitada ja viia meid ära Jumala tõelisest saatusest. Negatiivsete mõtete tegevusest vabanemine on oskus, mis vähestel on.

Sel hetkel ilmuvad meie ellu vaimsed õpetajad. Meil peab olema vaim valmis järgima teie nõuandeid ja olema elus edukad. Aga kui sa paned end mässumeelseks vaimuks, siis miski ei tee seda. Seda nimetatakse saagi tagastamise seaduseks või seaduseks. Ole tark ja vali õige.

Lähme minu eeskuju juurde. Minu nimi on Aldivan, tuntud kui nägija, Jumala poeg või Jumalik. Ma sündisin vaeses talupidajate peres, kellel oli vähe rahalist olukorda. Mul oli suurepärane lapsepõlv vaatamata rahalistele raskustele. See lapsepõlvefaas on meie elu parim. Mulle meeldivad mälestused lapsepõlvest ja noorusest.

Täiskasvanuks saades algavad perekonna ja ühiskonna kogud. See on väsitav ja masendav faas. Meil peab olema emotsionaalne kontroll, et ületada kõik takistused, mis ilmnevad. Sel moel oli minu tähelepanu keskmes finantsstabiilsuse otsimine. Kahjuks oli emotsionaalne ja armastav küsimus viimane võimalus. Vahepeal arvan, et tegin õige valiku. See afektiivne küsimus on täna liiga keeruline. Me elame julmas maailmas, mis on täis armastust. Me elame koos isekate ja materialistlike inimestega. Me elame koos inimestega, kes tahavad lihtsalt moraalseid väärtusi ära kasutada. Kõige selle juures, mida ma mainisin, usun ma, et minu valik professionaalsele poolele oli õige valik.

Alustasin ülikooli ja alustasin tööd avalikus teenistuses. See oli minu jaoks suur isiklik väljakutse. Erinevate tegevuste ühitamine paralleelselt kunstilise tegevusega ei ole kellelegi lihtne. See oli oluliste avastuste ja õppetundide periood, mis lisas minu iseloomu konstrueerimist. Head ajad viisid mind õnne ja harmoonia sähvatusteni. Rasked ajad tõid mulle erakordselt tugevad valud, mis tegid minust mehe, kes oli rohkem valmis igapäevasteks eluolukordadeks.

Kogu mu karjäär on mulle õpetanud, et meie unistused on kõige tähtsamad asjad meie elus. See on minu unistused, et ma jätkuvalt elada ja nõuda oma edu. Nii et ärge kunagi loobuge sellest, mida soovite. Tühi elu on äärmiselt kohutav koorem kanda. Niisiis, kui te ebaõnnestute, mõtle oma planeerimine ümber ja proovige uuesti. Alati on uus võimalus või uus suund. Usu oma potentsiaali ja liigu edasi.

Unistuste otsimine

Ma elasin lapsepõlves täiesti ebasoodsas olukorras. Sündinud talunike perekonda, kelle ainus sissetulek oli Brasiilia standardite miinimumpalk, seisin lapsepõlves silmitsi suurte rahaliste raskustega. See ressursside puudumine pani mind juba varases eas oma projektide eest võitlema. Ma loobusin oma lapsepõlvest, et valmistuda tööturuks. Minu ainus eesmärk oli saavutada oma rahaline sõltumatus, mis ei ole üldse lihtne.

Ma loobusin igasugusest vabast ajast, et pühenduda oma projektidele. See oli isiklik valik, arvestades minu isiklikku asja. Igal valikul on oma tagajärg. Ma ei suutnud leida tõelist armastust selle eest, et olin pühendanud end nii palju professionaalsele poolele. See oli minu tegude suur tagajärg. Ma ei kahetse seda. Tõeline armastus paaride vahel on üha haruldasem.

See oli pikk õppe- ja tööalaste jõupingutuste trajektoor. Olen uhke oma isikliku trajektoori üle ja julgustan noori võitlema oma unistuste eest. See nõuab suurt keskendumist kõigele, millele sa pühendud. Siiski peame elu planeerimisel alati ratsionaalsed olema. Ma ütlen, et rahalisest küljest on avalik pakkumine parim valik. Konkurents avalikus ruumis on stabiilsusega, mis on finantsplaneerimise seisukohast ülioluline.

Hea finantsplaneerimisega saame parema ülevaate elust. Elu teised aspektid täiendavad ka meie elu helgemaks muutmiseks. Vahepeal peame edu saavutamiseks tegema head. Me oleme täielikult õnnistatud oma tegudega.

Lapsepõlve kogemused

Ma sündisin ja kasvasin väikeses külas Kirde-Brasiilias. Algselt tagasihoidlikust perekonnast kannatas mu lapsepõlv, kuid seda kasutati hästi ära. Mängisin poistega palli ja pillasin poistega topsi, ujusin jões, ronisin viljapuude otsa ja sõin nende vilju, õppisin koolis ja saavutasin suurepärase esituse, osalesin pidudel ja ühiskondlikel üritustel, mul oli täiesti õnnelik elu ja vastutust ei olnud.

Ebasoodsas olukorras oleva finantsolukorra küsimus lämmatas mind, kuid see ei takistanud mul pere, sugulaste, sõprade ja naabrite kõrval õnnelikke hetki pidamast. Need olid head ajad, mis kunagi tagasi ei tulnud. Seda meenutades tunnen, kuidas mu elav energia kajab kogu oma olemuses.

Lapsepõlve kogemus oli kütus, mida ma vajasin, et toita oma lootusi olla õnnelik ja edukas. Minu perekondlik olukord ei olnud lihtne: traditsiooniline perekond, täiesti vastumeelne minu seksuaalsusele ja jäik kuni selleni, et ma ei teinud otsuseid. Kui mu isa oli elus, vastutas ta perekonna eest. Pärast minu vanemate surma ei lubanud mu vanem vend, viies pärilikkuse järjekorras, kellelgi oma arvamust minu isa pärandi kohta avaldada. Tema on see, kes domineerib igas olukorras. Ta oli halastamatu mees.

Niisiis, ma elan praegu majas, mille ma pärisin oma vanematelt, kuid ilma igasuguse otsustusõiguseta. Ma allun sellele olukorrale, nii et ma ei pea elama väljas ja üksi olema. Ma ei suuda taluda üksindust üheski selle vormis. Ma kardan tulevikku ja palun Jumalat, et ta ei oleks üksi minu vanas eas.

Keegi ei austa minu seksuaalsust.

Brasiilia on LGBTI-grupi jaoks kohutav riik. Ma olen ennast pidanud LGBTI ja ma ei saa piisavalt, et mul oleks kõikjal, kuhu ma lähen, mõnitusi ja nalju. Nad on mõnitused perekonnas, kogukonnas, kus ma elan, kui ma reisin, koolis, tööl. Igatahes, mind ei austata kusagil.

Inimesed peaksid mõistma, et seksuaalsus ei määratle meie iseloomu. Ma olen hea kodanik, ma töötan, ma maksan oma võlad, ma täidan oma kohustusi kodanikuna, ja ometi ei anna keegi mulle õigust millelegi. Ma olen nagu nähtamatu ja ühiskonnas nuhtlus.

Mul on kahju, et nii palju inimesi on vaimselt alaarenenud. Mul on kahju, et on nii palju inimesi, kes kohtlevad ja tapavad geisid halvasti. Kahju, et meil pole varjupaika. Ainus inimene, kes mind toetab, on Jeesus Kristus. Ta on kogu aeg minuga ja ta pole mind kunagi maha jätnud.

Suur viga, mille ma oma armuelus tegin

Ma kohtasin meest esimesel päeval oma uuel töökohal. Ta on väga nägus mees ja on ennast mulle viisakalt ja lahkelt näidanud. Mul oli temaga hea meel. Kohe oli meil suur sugulus ja saime väga hästi läbi. Sõprade kaudu sain teada, et tal oli kohtumine naisega. Sellegipoolest ei takistanud see mind armastamast teda nii, et ma pole kunagi armastanud teist meest. See oli suur viga, mis läks mulle palju raha maksma. Ma selgitan järgmisena.

Aasta pärast otsustasin lõpuks investeerida suhetesse selle mehega. Ma kuulutasin end meie mõlema jaoks eriti tähtsaks kuupäevaks. See, mis oli nii ilus ja lummatud tunne, muutus suureks katastroofiks. Ta oli minu vastu väga ebaviisakas ja lükkas mu tagasi. Ta hävitas mu täielikult ja sellega me kõndisime minema, et mitte kunagi enam ühineda.

Ma ei süüdista teda. See oli minu suur viga, et ma investeerisin oma lootused mehesse, kes oli pühendunud kellelegi teisele. Aga see oli tõestus, mida ma tõesti tahtsin. Tahtsin näha, kas ta tunneb minu vastu midagi sellist. Kui ta valis oma naise, näitas see, et ta armastab oma naist rohkem kui mind. See on midagi, mida ma ei otsi. Ma ei oleks kunagi mehe jaoks teine valik. Ma tahan ja väärin alati olla esimene koht suhetes. Vähem kui see, ma ei aktsepteeri seda. Ma tunnen end üksi päris hästi.

Pärast seda traagilist sündmust meeldis see mees mulle ikka veel kaheksa aastat järjest. Praegu on see tunne, mis mul tema vastu on, uinunud. Tundub, et kaugus on aidanud mind unustamise protsessis. Ma tunnen end vaimselt hästi ja loodan, et ma ei lange enam kunagi sellisesse lõksu. Parem on omada vaimset tervist ja olla vallaline.

Suur pettumus, mis mul töökaaslastega oli

Oma uues töökohas ja nii paljudes teistes, mis mul on olnud, olen ma inimestega väga eksinud. Kõigis neis olukordades proovisin töökaaslastega sõbralikku lähenemist. Ma tahtsin nendega sõber olla, aga ma tõesti kahetsen seda. Mul olid selles mõttes suured pettumused, mis panid mind järeldama, et kellelgi pole tööl sõpru.

Ma olen pettunud, et mul pole sõpru kuhugi, kuhu ma lähen. Ma arvan, et suur osa probleemist seisneb inimeste eelarvamustes. Kuna ma olen gei, väldivad mehed sattumist ükskõik millisesse minusse. Mis puutub naistesse, siis nad kardavad, et ma võtan nende abikaasa. Igatahes, ma tunnen end isoleerituna.

Maailm on suur väljakutse neile, kes on osa tagasilükatud vähemusest. Me peame elama koos erinevate inimestega ja taluma sallimatult oma iseärasusi. See ei ole pingutuseta protsess ühiskonnale nii hilja silmitsi seista. Mul ei ole kellegi toetust. Isegi mitte oma seksuaalsuse grupis tunnen ma end toetavana. Geikogukonnas on ka teisi eelarvamusi, mis mind veelgi rohkem isoleerivad. Pärast 14 aastat armastuse otsimist loobusin täielikult. Ma olen tänapäeval üks õnnelik inimene. Ma tunnen, et Jumal on mind valgustanud ja õnnistanud kõiges, mida ma teen.

Suured ennustused minu elule

Ma olen uskumatult õnnelik mees. Mul on tervis täiuslikus seisukorras tänu suurepärasele toidu kohandamisele, mida ma teen, mul on palju sugulasi, kes külastavad mind aeg-ajalt, mul on töö, mis mind rahaliselt toetab, mul on minu kunstiline tegevus minu psühholoogilise toena ja mul on suur Jumal, kes mind kunagi ei hüljanud.

Ma olen noorest peale suuri raskusi üle elanud ja see tegi minust mehe, kes ma olen täna. Ma olen vaimselt erakordselt tugev inimene, mul on usk vaimsusse, ma usun oma heasse saatusesse ja ma usun, et mu unistused saavad tõeks ka siis, kui need võtavad aega. See unistuste otsimine on see, mis mind elus hoiab. Olen muu hulgas kirjanik, helilooja, filmitegija, stsenarist, tõlkija.

Mõnes mõttes olen juba täitnud palju unistusi, mis mul olid. Neile, kes on sündinud väga ebasoodsates tingimustes, on see suur saavutus. Ma sündisin mitte millegagi ja täna on mul stabiilne karjäär. Kõik tänu minu isiklikule pingutusele. Ma olen väga sõdalane ja keskendunud inimene. Ma olen enda üle igas mõttes uhke. Niisiis, ennustus, mille ma oma elu jaoks teen, on see, et ma olen täiesti edukas, sest ma püüdlen selle poole.

Pühak, kes oli apteekri poeg

Apteek
Civitavecchia- Itaalia

1. jaanuar 1745

Kogu töögrupp kogunes pealiku poja eraviisilisele tähistamisele.
Pealik
Me oleme kogunenud siia koos oma teise perega, et mälestada mu poja saabumist minu perekonda. See on rõõmupäev ja põlvkonna järjepidevuse päev. Ma jätan oma kauba ja iseloomu eeskujuks. Ma loodan teie abile, mu armas Eloisa, et saaksime selle poja koos kasvatada.

Eloisa

Ma olen vaimustuses, mu arm. Täna on minu jaoks rahuldust pakkuv päev. Piduliku tsükli algus. Ma luban, et ei ole enam parim ema meie pojale.

Töötaja esindaja

Kõigi töötajate nimel õnnitleme paari ja soovime tervist, edu, jõukust ja kannatlikkust lapse kasvatamiseks. Tänapäeval ei ole laste eest hoolitsemine kerge ülesanne. Oleme valmis teid toetama igal võimalikul viisil, mida vajate.

Pealik

Tänan teid kõiki!

Pidu on alanud. Seal oli palju toitu, tantsu, muusikalist bändi ja palju rõõmu. See oli kolm päeva järjest pidusid, mis tegid kõik väga väsinud. Märkimisväärseid sündmusi tuli tähistada ja nad väärisid puhkust, sest nad töötasid kõvasti.

Algusaastad

Poiss Vicente Maria Strambi oli rõõmsameelne, lõbustatud ja oma vanematele väga kuulekas. Perekonna kõrge rahalise seisundi tõttu oli tal palju võimalusi: tal oli eraõpetaja, ujumistunnid, sõpradega sportimine, palju reisimine ja üksinduse hetked. Ta uuris Piiblit palju, mis näitas tema katoliiklikku kalduvust lapsepõlve ja nooruse algusest peale.

Ühel päeval juhtus lõpuks eriline perekondlik hetk.

Pealik

See kõik on korraldatud sinu reisi jaoks, mu poeg. Kui me mõistsime sinu huvi katoliku religiooni vastu, otsustasime su emaga sind seminari saata. Seal on teil võimalus saada parem psühholoogiline, religioosne ja emotsionaalne areng.

Eloisa

Ma arvan, et see on tark mõte. Kui see ei õnnestu, võite tagasi tulla. Minu maja uksed on sulle alati avatud, mu poeg.

Vicente

Ma andsin selle sulle, ema. Ma hindan teid mõlemaid. Ma olen juba täis ja mul on palju ootusi. Ma luban, et pühendan end oma õpingutele. Minust saab ikka veel suur mees.

Eloisa

Sa oled juba meie uhkus, poeg. Me anname teile kogu vajaliku toetuse. Arvestage alati meie peale.

Vicente

Täname. Näeme puhkusel.

Pärast pikka kallistust ja suudlust läksid nad lõpuks lahku. Juht saatis poisi autosse ja veetis mõned hetked, kuni nad olid püsivalt kadunud. See oli selle väikese poisi jaoks uue teekonna algus.

Teekond

Jalutuskäigu algus algas monotoonselt. Ainult jahe tuul ja väikesed tilgad tabasid tahavaatepeeglit ja pritsisid autosse, jättes poisi valvsaks. Korraga oli palju emotsioone. Ühelt poolt hirm tundmatu ja teiselt poolt, ärevus ja närvilisus, mis teda tarbis. See on ühine paljudele inimestele uutes olukordades, mis esinevad meie elus. Ei olnud lihtne loobuda vanemate mugavuse ja kaitse elust isegi rohkem, kui Vicente oli lihtsalt laps.

Peegeldav olukord katkes ainult sigarettide pakendi põrandale kukkumise tõttu. Poiss tuli alla, võttis sigaretid ja tagastas selle juhile. Ta teeb tänuliku väljenduse.

Autojuht

Sa päästsid mu elu. See sigaretipakk on see, mis mind depressioonist päästab.

Vicente

Kas teadsite, et sigaretid on halb harjumus ja see võib olla teie tervisele kahjulik? Mis su elus juhtus, et sind sigareti juurde saada?

Autojuht

See oli palju asju. Ma ei taha sind oma probleemide pärast muretsema panna.

Vicente

Pole probleemi. Aga ma võiksin olla sulle hea sõber ja nõuandja. Mis teid vaevab?

Autojuht

Mina, Lindsey ja Rian moodustasime ilusa perekonna. Ma töötasin metallurgias, mu naine oli õpetaja ja mu poeg oli maja koristaja hoole all. Me olime lähedane, stabiilne, õnnelik perekond. Kuni ma tegin tööl vea ja mind vallandati. Pärast seda kukkus mu põrand kokku. Ma pidin oma poja eest hoolitsema ja mitte keegi enam pingutama, mulle ei meeldinud mu naine. Võitlused algasid, meie liit lagunes ja me pidime lagunema. Tema ja mu poeg võtsid mu maja ja ma pidin kolima korterisse. Muutusin autonoomseks tegutsev autojuht, et saaksin oma arveid maksta. Mul oli piinav üksinduse hetk ja see pani mind suitsetamise harjumuseks. Sellest ajast alates ei ole ma seda neetud sõltuvust peatanud.

Vicente

See on tõesti kurb lugu. Aga ma arvan, et sind ei tohiks raputada. Kui su naine ei mõistnud su nõrkust, siis ta ei armastanud sind piisavalt. Sa vabanesid võltssuhtest. Ma usun, et ainus kaotus oli sinu poeg. Aga ma arvan, et sa võid teda külastada ja seega seda igatsust leevendada. Liigu edasi. Elu võib tuua sulle suuri rõõme. Kõik, mida pead tegema, on uskuda endasse. Loobu oma sigaretist, kuni saad. Asendage see lugemise, vaba aja veetmise, viisaka vestluse või kunstiteosega. Hoidke oma meelt hõivatud ja teie depressiooni sümptomid muutuvad hapramaks. Ühel päeval ütled sa endale: "Ma olen valmis jälle õnnelik olema." Sel päeval leiad fantastiline naine ja abielluda temaga. Sul võib olla parem töö ja uus perekond. Seejärel taastatakse teie elu.

Autojuht

Suur tänu nõuannete eest, sõber. See mu elu taastamise protsess tundub olevat kohutavalt aeglane. Ma ootan õiget hetke, et uuesti üles tõusta. Vahepeal lähen ma suure usuga. Sinu sõnad aitasid mind väga palju.

Vicente

Sa ei pea mind tänama. Ma usun, et Jumal inspireeris mu sõnu. Liigume edasi!

Paari vahel ripub vaikus. Auto kiirendab ja päike hakkab tõusma. See oli suurepärane märk. Päike tuli, et tuua energiat, mis on vajalik lihaste, hinge ja südame soojendamiseks. See oli hingetõmme nii rahututele hingedele.

Järgnes teekond ja nad ei tulnud aega lõppsihtkohta jõudmiseks ja oma tööst puhkamiseks.

Saabumine seminari

Paar jõuab lõpuks seminarile. Autost laskudes maksab poiss pileti eest, liigub autost eemale ja kõnnib hoone imposantse sissepääsu poole. Rahutuse, kahtluse ja närvilisuse segu jätkas teda. Mis juhtub? Millised emotsioonid ootasid sind uues elukohas? Ainult aeg võib vastata sinu korduma kippuvatele küsimustele.

Ta oli juba kõneruumis. Kui kohver oli süles, hakkas ta vastama ühe nunna küsimustele.

Angelica
Kust sa tuled? Kui vana sa oled?
Vicente
Ma olen pärit Civitavecchia. Olen 12-aastane ja tulen usuellu.
Angelica
Olgu. Tea, et usuelu ei ole pingutuseta viis, poiss. Tee maailmas on palju kutsuvam ja kergem. Usklik olemine on suur vastutus. Esialgu peaksite keskenduma oma õpingutele. Kui sa mõistad, et sul on religioosne kutsumus, siis pead astuma järgmise sammu. Kõigel on oma aeg.
Vicente
Mõistma. Nii ma käitungi. Võite olla kindlad.
Angelica

Niisiis, mida ma oskan öelda? Tere tulemast, kallis. Lootuse kodu on koht, mis tervitab kõiki. Eeldame, et järgite käitumisreegleid. Austus on meie peamine ettekirjutus.

Vicente

Suur aitäh sulle. Ma luban, et kõik saab korda.

Poiss viidi ühte tuppa. Kuna reis oli väsitav, asus ta puhkama. Ta pidi olema täielikult taastunud, et alustada oma apostellikku tööd.

Jumalaema külastus

Pärast õhtusööki kogunes poiss tuppa palvetama. Rahutu vaikus täitis öö. Mõni hetk hiljem hakkab ta tundma õhukest tuult. Naine läheneb valge pilve seest ja maandub toas. Ta oli brünett naine, punakas nägu ja hämmastav naeratus.

Vicente

Kes sa oled?

Mary

Minu nimi on Maria. Ma olen kõigi inimkonna jaoks vajalike armude vahendaja.

Vicente

Mida sa minust tahad?

Mary

Ma tahan sind kasutada inimkonna hoiatamiseks. Me elame ketserluse julmadel aegadel. Inimkond on Jumalast kõrvale kaldunud ja on oma vihaga maailmas domineerinud. Häid hingi on väga vähe.

Vicente

Mida ma peaksin tegema?

Mary

Palveta palju. Palveta, Rose, pärja iga päev inimkonna tervendamise eest. Me peame ühendama jõud, et päästa inimkonda.

Vicente

Mida sa ütled mu apostellikule teele?

Mary
Sul on kõik, mis minu kirikus üles kasvada. Sa oled noor õpetlane, haritud, väärtustega ja hea südamega. Sa oled üks neist, kes on valitud taastama Uut Kirikut, kaasavamat religiooni, mis mõtiskleb kõigi hulkuvate teenijate üle.

Vicente
Olen sellise hea ülesandega rahul. Ma luban pühenduda kõige täielikumale. Me peame panema kiriku arenema ja olema ustavaks uks uksele. Tänan teid väga selle võimaluse eest.

Mary
Sa ei pea mind tänama. Ma pean siit minema saama. Jääge Jumala juurde.

Vicente
Aitäh, mu armastatud ema. Näeme teisel võimalusel.

Jumalaema pöördus tagasi pilve juurde ja kadus ühe silmapilguga. Väsinud, poiss läks magama. Järgmised päevad toovad rohkem uudiseid.

Õppetund religioonist

Varahommikul, pärast hommikusööki, algas teoloogiaklass õpilastega.

Õpetaja
Alguses lõi Jumal taevad ja maa. Järk-järgult täitsid ruumid elusolendid. Suur Jumal on mitmekesisuse Jumal. Siis loodi miljoneid erinevaid liike, millest igaühel oli oma konkreetne funktsioon. Liigid loodi ja neile anti ülesanne hoolitseda maa eest. Kõik oli uskumatult ilus, rahu valitses kogu kuningriigis. Kuni ürginimesed mässasid looja seadusest üleastumisega. Nii tuli patt, mis määris inimese trajektoori. Kuid kõik ei olnud kadunud. Lepitust Jumalaga lubati tulevikus. Me oleme näinud, et Kristus täitis seda rolli hästi, andes meile tagasi pühaduse. Ristilöömise kaudu ühendas Kristus kogu inimkonna.

Vicente

On asju, mida ma selles teoorias ei mõista. Kas inimene polnud mitte igavesti dualist? Kas Kristus suri, et päästa meid meie pattudest, või oli ta juutide vandenõu ohver?

Õpetaja

Tegelikult teame inimkonna päritolust vähe. Muistsed käsikirjad teatavad, et inimesed säilitasid pühaduse oma päritolu juures ja et patu päritolu põhjuseks oli jumaliku seaduse üleastumine. Ei ole võimalik teada, mis on tõde. Kristus on öelnud, et sa ei pea elama selleks, et uskuda. Mis puudutab teist küsimust, siis võime öelda, et need kaks hüpoteesi on tõesed. Meie isand oli riigireetmise ohver ja see oli inimkonna ohver. Kristus oli täiuslik ja ei väärinud surma. Tema surm oli Kiriku vundamendi ja meie päästmise hind.

Vicente

Ma mõistan ja usun. See paneb mind sinu sõnu uskuma. Kristus võib olla selle loova jõu sümbol, mis ehitab inimest. Solidaarne, mõistev, andestatud jõud, mis hõlmab head ja halba, mis ootab alati leppimist. Kuid see on ka õigluse jõud, mis kaitseb head halva eest. Sellega kaasneb heategevuseks mõiste. Kurjus, mida me teeme, tuleb meie juurde tagasi veelgi suurema jõuga.

Õpetaja

See on õige, mu kallis. Seetõttu on vaja oma väärtusi jälgida. On vaja parandada oma vigu, et areneda. Enne kui räägid, mõtle. Vale sõna võib meie naabrile palju haiget teha. See valu võib põhjustada püsivaid psühholoogilisi probleeme. See kohtleb inimhinge liiga palju.

Vicente

Sellepärast ei ole minu moto alati kellelegi haiget teinud. Kuid inimesed ei hoolitse minu eest samamoodi. Nad ei hooli isegi valu ja arusaamatuse tekitamisest. Inimesed on väga isekad ja materialistlikud.

Õpetaja

See on põhjus, miks me õpid teoloogiat. On arusaadav, et Jumal on suurem jõud, mis üllatab meie nõrkusi. On arusaadav, et andestus on vabanemine meie vigadest. See on näha Kristuse ohvris märki, et me saaksime võidelda oma vaenlaste vastu võidu kindlusega.

Vicente

Tänan teid, professor. Ma hakkan kooli nautima. Liigume edasi!

Tund kestis terve hommiku ja oli Kristuse usus rõõmu ja vastuvõtmise aeg. Pärast kooli lõpetamist läksid nad lõunale ja puhkama. Lootuse kodus oli kõik hästi.

Vestlus seminaril

Noore Vincenti õppimisest on möödunud kaks aastat. Siis oli lähenemas vestluse hetk, mis pidi otsustama sinu tuleviku.

Nunn

Me mõistame, et sa oled väga hoolas noormees kõigis valdkondades. Me tahame teid õnnitleda. Samuti soovime teada, mida te tuleviku soovite. Kas sa tõesti tahad preestriks saada?

Vicente

Ma hindan sõnu. Ma olen olnud Kristus sünnist saati. Minu vastus on positiivne. Ma tahan ühineda selle hea ahelaga. Ma tahan võita palju hingi oma isandale.

Nunn

Olgu. Korraldagem siis pühad riitused. Tere tulemast klassi.

Vicente

Suur aitäh sulle. Ma luban, et ei vea sind alt.

Järgnes elu. Vincent pühitseti preestriks ja ta alustas oma preestritööd. See oli vana unistuse täitumine ja ma teadsin, et see on perekonna uhkus.

Sissepääs Armastav kogudusse

Vicente pöördus Armastav koguduse poole eesmärgiga kohtuda asutajaga.

Paulus Ristist

Kas sa tahad öelda, et oled huvitatud meie kogudusega liitumisest?

Vicente

Jah. Näen, et räägite oma tööst väga hästi. Mul on teie tegevuse vastu afiinsus. Annan endast parima ja panustan meeskonna kasvu.

Paulus Ristist

Mul on hea meel, et sa seda teed. Meie ettevõte on avatud kõigile, kes soovivad koostööd teha. Sinu apostellik töö lummab mind ja paneb mind uskuma, et sa oled suur omandamine. Tere tulemast.

Vicente

Ma olen meelitatud. See on rohkem nagu unistuse täitumine. Sa võid kindel olla, et ma annan endast parima.

Vicente integreeriti ametlikult meeskonda ja hakkas tegelema koguduse sotsiaaltööga. Ta oli suurepärane näide kristlasest.

Misjonärina maal tuuritamine
Ühes külas Lõuna-Itaalias

Talupoeg

Kas sa tahad öelda, et sa oled Jumala saadik? Mis sa arvad, kuidas sa saad aidata meeleheitel vaest talunaist?

Vicente

Ma võtan endaga kaasa Jumala rahu. Jumala õpetuste kaudu saad sa oma probleemidest üle ja saad täiuslikumaks inimeseks.

Talupoeg

Olgu. Kuidas ma saan olla õnnelik, järgides Jumala seadust?

Vicente

Pidage käske. Armasta Jumalat kõigepealt nagu iseennast, ära tapa, ära varasta, ära kadesta, tööta oma unistuste nimel, andesta ja tee heategevust. Need on mõned asjad, mida saate teha ja saada paremaks inimeseks.

Talupoeg

Vahel olen kurb oma isikliku frustratsiooni pärast. Minu unistus oli saada arstiks, kuid vaesus pani mind valima teisi teid. Täna olen ma päevatööline ja pesumasin. Töörahaga toetan oma kolme last. Mu alkohoolikust abikaasa jooksis teise naisega minema. Ma arvasin, et see on hea, sest ta oli mu elule koormaks. Ma mäletan ikka veel su reetmisi ja see on valus. Tahtsin leida selgema tee oma ellu.

Vicente

Hoolitse oma laste eest. See on sinu suurim rikkus. Meie pere on meie suurim rikkus. Minu elukogemusest, kohtle neid hästi. Sa täidad oma unistused nende kaudu.

Talupoeg

Tõde. Ma püüan anda neile kõik, mida mul ei olnud. Ma olen hea ema nõuandja. Ma tahan lihtsalt seda, mis on mu lastele parim.

Vicente

See on tore. Jumal õnnistab sind ja ravib su valud. On kurjusi, mis tulevad õpetama. Ei ole võitu ilma kannatusteta. Ebaõnnestumine valmistab meid ette tõelisteks võitjateks.

Talupoeg

Au Jumalale. Tänan sind kõige eest, isa.

Vicente

Jumal tänatud, mu laps. Kõike head sulle.

Kristliku pastori töö oli väga imeline. Ta lummas rahvahulki oma tarkuse ja usuga Kristusesse. Tähelepanuväärne näide sellest, et hea on alati ülimuslik.

Koguduse asutaja surm

Paul da Cruz suri. See oli kohutav valu Vicente jaoks, kes oli temaga eriti head sõbrad. See oli tormine päev. Äratusel osales üks rahvahulk. Palvete ja pisarate vahel leinasid nad selle suure mehe kaotust. Surm on tõesti seletamatu. Surmal on vägi võtta ära nende kohalolek, keda me kõige rohkem armastame.

Matuserongkäik lahkus majast ja edenes linna tänavatel kalmistu poole. Oli päikseline pärastlõuna tugevate tuultega, mis tabasid hirmutavalt nende nägusid. Seal lõppes aadlimehe trajektoor. Mees, kes on pühendunud oma usulistele tõekspidamistele.

Paraad surnuaias kaevatud august ettepoole. Viimane sõna antakse teie peamisele jüngrile. Meie kallis Vicente.

"On aeg jätta hüvasti suure mehega. Mees, kellel on suurepärane karjäär oma koguduse ees. Ta tõesti täitis oma missiooni. Oma projektis aitas ta tuhandeid inimesi oma nõuannete, rahalise abi ja hea eeskujuga. Ta jättis aadli jälje. Ta oli uhke oma perekonna, ühiskonna ja kristlike vendade üle. See oli pöördumatu iseloomuga, mis inspireeris meid olema paremad inimesed. Mine rahus, vend! Andku looja Jumal sulle ülejäänu, mida sa väärid. Ühel päeval kohtume taas.

Pisarate ja aplausi vahele oli surnukeha maetud. Seal lõppes ühe suure inimese trajektoor maa peal. Talle jäeti soovida palju õnne tema uues igaveses elukohas.

Piiskopi ametikohale nimetamine

Vincent Mary kasvas üles oma missioonis ja pühaduses. Tema apostellikku tööd imetlesid kõik. Tasuks tema töö eest otsustas piiskopkond ülendada ta piiskopiametisse.

Suur päev on tulnud. Privaatsel tseremoonial kogunesid vaimulikud suurele pidustusele.

Endine piiskop

On aeg pensionile jääda ja veeta ülejäänud vanadus puhkamine. Vaata, me valisime Vincent Mary minu asemele. Ta on selle töö jaoks kõrgelt kvalifitseeritud preester. Tema projekt koguduses on olnud katoliku kirikule väärtuslik vahend ketserluste vastu võitlemisel ja uute usklike vallutamisel. Soovin sulle edu, kallis. Midagi deklareerida?

Vincent Mary

Mul on au sellist teenetemärki saada. Tõotan jääda truuks oma uskumustele ja järgida püha ema kiriku seadust. Jumal olgu minuga sellel suurel jalutuskäigu taas käivitamisel.

Aplaus antakse teile mõlemale. See oli uus tsükkel kõigi elus. Nad teadsid, et piiskopkond on turvaline ja et püha ema kirik kasvab veelgi. Jumal olgu kõigiga!

Napoleon Bonaparte sissetung

Napoleon Bonaparte oli keiser, kes usurpeeris kiriku. Et domineerida kogu koguduses, sõdurid tungisid piiskopkonda, nõudes piiskopilt positsiooni.

Sõdur

Me oleme siin Napoleon Bonaparte nimel. Issand piiskop, kas te allute Napoleon Bonaparte autoriteedile?

Vincent Mary

Iial. Ma ei allu ühegi mehe autoriteedile. Ma olen Kristuse ainus teener.

Sõdur

Noh, see on kõik. Ma lasen ta arreteerida. Teil on palju kannatada, et õppida ametiasutusi austama.

Vincent Mary

Kui see on Jumala tahe, siis ma olen valmis! Sa võid mind võtta. Ma ei karda meeste õiglust.

Piiskop viidi vangi. Seejärel saadeti ta seitsmeks aastaks Novara ja Milano linnadesse.

Paguluse periood

Seitsme aasta jooksul, mil ta pagendati, kannatas Vincent kõige erinevamate füüsiliste ja verbaalsete piinamiste all, mis tõestasid tema usku. Need olid rasked ajad, mil imperialism oli suurim jõud. Raport temast vanglas:

"Issand Jumal, kuidas ma kannatan! Ma leian end väljapääsult. Minu rõhujaid on palju ja nad on tugevad. Ma tunnen end nii üksikuna. Seniks aga, söör, olete te mu jõud ja jõud. Ma usun sinusse taaselustamist. Ma usun, et see on faas ja et su võimas käsi võib tulla mu elu muutma. Ma usaldan oma väärtusi ja usku. Kõik saab korda."

Sõdur

Napoleon Bonaparte kuningriik on langenud. Teil on vabadus naasta oma piiskopkonda.

Vicente

Au Jumalale. Ma ei tea, kuidas teid selle vabastamise eest tänada. Esimest korda elus tunnen end täiesti vabalt. Au Jumalale selle eest! Minu missioon võib jätkuda.

Hüvasti, missioon

Vincent Maria oli piiskopiametis veel mõned aastad. Vanemana palus ta tagasiastumist. Oma kohustustest vabana jätkas ta abistamist evangelist missioon. Tema missioon kestis tema päevade lõpuni. Tema ametlik kanoniseerimine toimus 1950. aastal.

Lõpp

www.ingramcontent.com/pod-product-compliance
Lightning Source LLC
LaVergne TN
LVHW020436080526
838202LV00055B/5211